LES CŒURS FÊLÉS

L'auteur

Gayle Forman est une journaliste réputée, primée pour ses articles. Elle vit à Brooklyn avec son mari et leur fille. *Les cœurs fêlés* est son premier roman. Elle est aussi l'auteur du best-seller international *Si je reste*, en cours d'adaptation cinématographique par les producteurs de *Twilight*.

Du même auteur
dans la même collection

Si je reste

GAYLE FORMAN

LES CŒURS FÊLÉS

Traduit de l'anglais (États-Unis)
par Marie-France Girod

OH ! ÉDITIONS

Titre original :
SISTERS IN SANITY

Le papier de cet ouvrage est composé de fibres naturelles, renouvelables, recyclables et fabriquées à partir de bois provenant de forêts plantées et cultivées durablement pour la fabrication du papier.

Loi n° 49-956 du 16 juillet 1949 sur les publications destinées à la jeunesse : mars 2011

© 2011, éditions Pocket Jeunesse,
département d'Univers Poche, pour la préface, la postface
et la présente édition.
ISBN : 978-2-266-21446-9

À toutes les incomprises du monde

Préface de l'éditeur

« Je m'en allais, les poings dans mes poches crevées. »
Arthur Rimbaud, *Ma bohème*, 1870

« À toutes les incomprises du monde »
Gayle Forman, *Les Cœurs fêlés*, 2010

Brit l'incomprise, qui se retrouve enfermée à seize ans dans le centre de Red Rock, ne peut supporter cet univers dans lequel on la tient prisonnière. Elle se rebelle et, au cours d'une fugue, retrouve, le temps d'un concert donné par Clod, son groupe de rock, les joies d'être au monde : « C'était comme si la musique cicatrisait mes plaies, me rendait ma véritable identité et ma confiance en moi, et me rappelait que Red Rock n'était pas ma vraie vie. La vraie vie était merveilleuse et, même si elle me semblait lointaine, elle existait encore. J'existais encore. »

À bien des égards, le roman de Gayle Forman fait étrangement écho à la révolte et aux voyances visuelles et sonores du jeune Rimbaud, quand il fait ses premières fugues. Dans la chanson que lui a passée son ami Jed lors d'une nuit inoubliable en pleine nature, Brit est Firefly, la luciole. Un papillon de nuit qu'on n'enferme pas. Qui comprend peu à peu que, dans la vie, on doit suivre sa propre voie sans se préoccuper du reste. Qui ose se dresser contre *le Monstre*, sa belle-mère. Qui décide, à un moment donné, de changer les règles du jeu dans ce monde-aquarium où l'on vous condamne à mener une vie glauque.

Comme Rimbaud, Brit est la victime d'une incompréhension totale des adultes enserrés dans les mailles d'un temps qui n'est pas celui du jeune, dont le rythme vital est dix fois, cent fois plus rapide. Dans ce monde où les shérifs font la loi, les adolescentes doivent se serrer les coudes – *Sœurs contre Tous*, pour faire entendre une autre musique. Cette musique syncopée que Rimbaud appelait de ses vœux, et qui prolonge aujourd'hui encore ses violents accords dans les chansons de groupes de rock comme les Clash ou Nirvana.

Une musique qui braille le désespoir d'exister dans une société qui s'évertue à enfermer les êtres dans de petites cases préétablies et bien étiquetées. Mais aussi une musique arc-en-ciel qui donne à voir et à entendre les couleurs et les rythmes de cette *vraie vie* qu'attendait Rimbaud. N'est-ce pas ce que Kurt Cobain en personne, le roi de la punk, a appris à la jeune Brit dans le petit paradis de CoffeeNation ?

1.

Ce devait être une excursion au Grand Canyon et je n'avais aucune envie d'y aller. En plein été, il devait bien faire trois mille degrés dans ce désert. Entre le climat et les deux jours de trajet en voiture avec mon père et le Monstre, sa seconde femme, j'étais sûre d'y laisser ma peau. Le Monstre est toujours après moi. Tout y passe : mes cheveux, rouges avec des mèches noires, ou noirs avec des mèches rouges, si l'on préfère ; mes tatouages – un brassard celtique, une guirlande de pâquerettes sur la cheville, et un cœur situé à un endroit qu'elle ne risque pas de voir ; ma prétendue mauvaise influence sur Billy, mon demi-frère, qui n'est encore qu'un bébé et doit prendre mes tatouages pour de la BD, si même il les a remarqués.

En plus, c'était mon dernier week-end de liberté avant l'entrée en première et il s'annonçait d'enfer. Je joue de la guitare dans un groupe, Clod, et on devait se produire au Festival de l'été indien d'Olympia parmi des orchestres top niveau, le genre qui est sous contrat avec des producteurs. Rien à voir avec les cafés et les soirées particulières où l'on jouait d'habitude. Mais, bien sûr, le Monstre s'en fichait. Elle considère le rock punk comme une sorte de culte diabolique. D'ailleurs, après la naissance de Billy, elle m'a interdit de continuer à répéter dans le sous-sol pour protéger le petit trésor. Du coup, je dois me replier chez Jed, qu'elle n'aime pas non plus parce qu'il a dix-neuf ans et qu'il habite – horreur ! – non pas avec ses parents, mais en colocation.

J'ai donc refusé poliment. Bon, d'accord, peut-être pas si poliment que ça. J'ai dit que je préférais bouffer du verre pilé, ce qui a fait se précipiter le Monstre vers papa, lequel m'a demandé d'un air las la raison de ma mauvaise humeur. J'ai expliqué l'histoire du concert. Dans une vie antérieure, mon père s'est s'intéressé à la musique, mais, là, il s'est contenté d'ôter ses lunettes et de se masser la cloison nasale en déclarant que c'était comme ça et pas autrement. On allait au Grand Canyon en famille, point final. Comme je n'avais pas l'intention de me laisser faire, j'ai sorti tout mon arsenal d'arguments : pleurs, silence obstiné, vaisselle fracassée. Pour rien. Le Monstre a refusé de discuter et je me suis retrouvée face à papa, à qui je n'aime pas faire de la peine. Résultat, j'ai cédé.

J'ai dû annoncer la nouvelle au groupe. Erik, le batteur, amateur de fumette, s'est contenté de lâcher mollement un juron, mais Denise et Jed étaient contrariés. « On a tellement bossé, tu as tellement bossé », s'est lamenté Jed. J'étais désolée de le voir si déçu. D'autant qu'il avait raison. J'étais sur le point de participer à un méga-concert alors que, trois ans plus tôt, j'étais incapable de faire la différence entre un accord de *do* et un *fa*. J'allais devoir tirer un trait dessus et Clod serait réduit à un trio lors du festival. Ça me ravageait de ne pas pouvoir y aller, mais, en même temps, la réaction de Jed me réchauffait le cœur.

J'aurais dû me douter qu'un coup tordu se préparait quand, le vendredi matin, j'ai vu papa en train de charger seul le monospace marronnasse que le Monstre lui a fait acheter à la naissance de Billy. Ni elle ni mon petit frère n'étaient présents.

Cela m'a énervée. « Elle est toujours en retard, ai-je lancé.

— Brit, ta mère ne voyage pas avec nous.

— D'abord, c'est pas ma mère, et puis qu'est-ce que c'est que cette histoire ? Tu as dit qu'on partait en famille, donc que j'étais o-bli-gée d'y aller. Mais s'ils ne viennent pas, je n'y vais pas non plus.

— On part en famille », a martelé mon père. Il a fourré ma valise à l'arrière avant d'ajouter : « Simplement, Billy est trop jeune pour supporter un voyage de deux jours en voiture. Ils vont prendre l'avion et on se retrouvera tous là-bas. »

Je ne me suis pas méfiée non plus lorsque, en arrivant à Las Vegas, papa a proposé qu'on s'y arrête. À l'époque où maman était encore avec nous, c'est ce qu'on faisait. On sautait dans la voiture sur une impulsion et on filait à Vegas ou San Francisco. Je me souviens qu'une nuit, parce qu'une vague de chaleur nous empêchait de dormir, on a fourré nos sacs de couchage dans la voiture et on a mis le cap sur les montagnes, où l'air était plus frais. Papa n'a plus jamais été aussi cool depuis. Le Monstre a réussi à le convaincre que la spontanéité équivaut à de l'irresponsabilité.

Nous avons déjeuné tous les deux sur les bords du faux canal vénitien d'un grand hôtel, et papa a même souri quand je me suis moquée de quelques touristes qui se baladaient avec un K-way sur les fesses. Puis on est allés au casino. Personne ne remarquerait que j'avais seulement seize ans, m'a-t-il dit en me donnant vingt dollars pour jouer aux machines à sous. Finalement, notre petite escapade se présentait bien. Pourtant, je l'ai trouvé bizarre. Quand j'ai gagné trente-cinq dollars, il n'a même pas eu l'air content et il les a empochés en m'expliquant que c'était plus sûr, qu'il me les rendrait plus tard. Là encore, je n'ai pas remarqué le petit voyant rouge qui s'allumait. Pour la première fois depuis des lustres, l'idiote que j'étais s'amusait en retrouvant le père qu'elle avait connu.

Quand on a quitté Las Vegas, il est devenu taciturne, comme après ce qui s'était passé avec maman. Il avait les mains crispées sur le volant et je commençais à gamberger, si bien que je n'ai pas fait attention lorsqu'il a pris la direction de l'Utah. Il faut dire que nous traversions un paysage de falaises en argile rouge, qui me semblaient correspondre à ce que je savais du Grand Canyon. Au coucher du soleil, on s'est arrêtés dans une petite ville et j'ai pensé qu'on allait passer la nuit dans un autre motel. Effectivement, au premier regard, la Red Rock Academy, un bâtiment d'un étage en forme de T, pouvait passer pour un hôtel de troisième catégorie. Sauf qu'il n'y avait pas d'arbres, que la cour était jonchée de parpaings, et que des barbelés entouraient l'ensemble. Pour couronner le tout, deux costauds sortis tout droit de la préhistoire surveillaient les lieux.

Cette fois, ça sentait le roussi. « C'est quoi, ce machin ? ai-je demandé à papa.

— Une école à laquelle j'aimerais qu'on jette un œil.

— Quoi, une sorte de fac ? Mais c'est un peu tôt, j'entre tout juste en première.

— C'est plutôt, disons, un pensionnat.

— Tu veux m'envoyer en pension ?

— On va simplement jeter un coup d'œil.

— Mais pourquoi ? La semaine prochaine, c'est la rentrée dans *mon* école.

— Justement, ma chérie, tes résultats n'ont pas été brillants dans *ton* école.

— Bon, d'accord, deux ou trois fois, j'ai eu des mauvaises notes. Ce n'est pas la fin du monde ! »

Papa s'est passé la main sur le front. « C'est plus que deux ou trois fois. Mais il y a autre chose, Brit. Vois-tu, j'ai depuis quelque temps l'impression que tu t'exclus de la famille. Tu n'es plus toi-même et j'aime-rais que tu sois un peu aidée avant que… » Sa voix s'est brisée.

« En clair, tu veux que j'aille dans cet endroit. Je peux savoir quand ?

— On va juste jeter un coup d'œil », a-t-il répété.

Mon pauvre père n'a jamais su mentir. Il rougit, il frémit, bref, c'est écrit sur sa figure. Et là, ça se lisait en grosses lettres. Ses mains tremblaient. Ça sentait vraiment la catastrophe.

« Enfin, papa, qu'est-ce qui se passe ? » ai-je hurlé en ouvrant ma portière. Mon cœur battait à tout rompre et résonnait comme un tambour dans mes oreilles. Dès que je suis sortie de la voiture, les deux gorilles se sont précipités. Ils m'ont mis les bras dans le dos et m'ont entraînée.

« S'il vous plaît, soyez gentils avec elle ! a supplié papa.

— Où est-ce qu'ils m'emmènent ?

— Brit, ma chérie, c'est pour ton bien. » J'ai vu qu'il pleurait, ce qui n'a fait qu'accentuer ma terreur.

À l'intérieur du bâtiment, les deux malabars m'ont poussée dans une petite pièce sans aération et m'y ont enfermée à double tour. La gorge serrée, j'ai attendu que papa se rende compte qu'il avait fait une terrible erreur et qu'il vienne me chercher. Mais je l'ai entendu parler à une femme, puis notre voiture a démarré. Le bruit du moteur s'est éloigné et j'ai éclaté en sanglots. Personne n'est venu. J'ai tellement pleuré que j'ai fini par m'endormir. Quand je me suis réveillée, une heure plus tard, j'avais oublié où j'étais. Puis ça m'est revenu d'un seul coup et j'ai compris ce qui se passait. Le Monstre. C'est à elle que je devais cette situation. La rage a alors pris le pas sur la peur et la tristesse. Le plus curieux, c'est que, peu à peu, un autre sentiment a fait surface. Quelque chose comme de la déception. Et je me suis aperçue que, en dépit de tout, j'aurais vraiment aimé aller voir le Grand Canyon.

2.

« Trouble oppositionnel avec provocation. » TOP.
C'est le diagnostic que la psy m'a collé d'office à Red
Rock. On était dans son bureau obscur, décoré avec des
affiches à visée éducative. L'une d'elles représentait des
oies sauvages volant en formation, avec une légende qui
disait : « Si tu sais où tu vas, tu iras loin. » Pour ma part,
je ne risquais pas d'aller bien loin, car on m'avait pris
mes vêtements et mes chaussures. J'étais en pyjama et
en pantoufles en plein après-midi.

D'une voix monocorde, la psy m'a lu quelques lignes
d'un énorme bouquin qui contenait apparemment tous
les secrets du psychisme. J'ai ainsi appris que le jeune
pour lequel on établit un diagnostic de TOP « se met
souvent en colère ; conteste souvent ce que disent les
adultes ; s'oppose souvent activement ou refuse de se
plier aux demandes ou règles des adultes ; embête souvent les autres délibérément ; fait souvent porter sur
autrui la responsabilité de ses erreurs ou de sa mauvaise
conduite ; est souvent susceptible ou facilement agacé
par les autres ; est souvent fâché et plein de ressenti-
ment ; se montre souvent méchant ou vindicatif. »

« Ça te dit quelque chose ? » m'a demandé le
Dr Clayton – c'est son nom –, une maigrichonne coiffée

au bol, vêtue malgré la chaleur étouffante d'une blouse à jabot boutonnée jusque sous le menton.

J'étais complètement à la masse. Je n'avais pas fermé l'œil de la nuit, coincée dans cette minuscule pièce, jusqu'à ce que les deux gorilles soient venus me chercher pour m'emmener chez une infirmière tout aussi baraquée, que j'ai tout de suite baptisée « Helga ». Helga m'avait confisqué mon iPod et tous mes bijoux, y compris mon anneau de nombril, malgré mes protestations. Elle se fichait pas mal que le trou se referme, ce qui m'obligerait à refaire un piercing. Elle avait mis mes bijoux dans une enveloppe, puis m'avait demandé de me déshabiller pendant qu'elle enfilait des gants en latex. Elle avait alors fouillé dans ma bouche et sous mes aisselles, avant de m'obliger à me pencher en avant et de vérifier *là* aussi, par-devant et par-derrière. Comme je n'avais jamais eu d'examen gynécologique, j'avais une peur bleue et j'ai fondu en larmes. Cette chère Helga n'avait pas été émue pour autant. Je suppose qu'elle cherchait de la drogue, ce qui n'est pas mon truc, soit dit en passant. Le cannabis me fatigue et l'alcool me donne la nausée. Non, merci.

Bref, quand la psy m'a fait la lecture ce matin, j'étais trop perturbée pour lui rétorquer que sa description du TOP pouvait s'appliquer pratiquement à chaque ado que je connaissais. Tout ce que j'ai été capable de dire, c'est : « Je vois que le Monstre vous a parlé de moi », ce qui lui a arraché un petit sourire, tandis qu'elle notait quelque chose dans son carnet.

« Bon, alors, je vais te traduire cette description en termes que tu vas comprendre. Tes notes à l'école ont baissé. Tu n'es presque jamais chez toi. Tu passes tes nuits dehors. Et quand tu veux bien montrer le bout de ton nez, tu es aussi gaie qu'un croque-mort.

— Pas du tout. Et les fois où je rentre tard, c'est à cause des concerts. Notre groupe de rock n'est pas encore très connu, donc on hérite du créneau de deux heures du matin. Quand on a fini, il faut encore remballer nos affaires et l'on a du mal à être à la maison avant cinq heures. Mais ce n'est pas comme si on faisait la fête toute la nuit. »

Le Dr Clayton n'a rien dit. Elle s'est contentée de me jeter l'un de ces coups d'œil désapprobateurs dont le Monstre est spécialiste et elle a repris quelques notes avant de poursuivre l'énumération de mes pseudo-défauts.

« Tu considères ton corps comme un support de graffitis. Tu es malpolie avec ta belle-mère, maussade avec tes professeurs, désagréable avec ton petit frère, et il semble que tu n'aies pas résolu le problème de ta mère.

— Je vous interdis de parler de ma mère ! » J'étais moi-même étonnée de la violence avec laquelle j'avais répondu. Rien que d'entendre prononcer le mot « mère », les larmes me sont montées aux yeux. Je les ai immédiatement refoulées.

« Je vois. » Le Dr Clayton a encore gribouillé sur son carnet. « Dans ce cas, peut-on passer à l'exposé des règles qui sont en vigueur ici ? » Elle avait pris un ton léger, comme si elle parlait d'un jeu. « Nous fonctionnons selon un système de récompenses et de niveaux. En tant que nouvelle, tu vas débuter au niveau un. Le niveau un est en quelque sorte une étape d'évaluation, qui permet à l'équipe éducative de cerner ta personnalité et d'identifier tes difficultés. C'est aussi l'occasion pour toi de commencer à faire tes preuves. À ce niveau, les privilèges sont rares. Tu vas rester enfermée dans une chambre isolée. Tu y travailleras et tu y prendras tes repas. Tu n'en sortiras que pour aller à la salle de bains et pour suivre ta thérapie. Tu seras surveillée en permanence, afin que tu ne risques pas de te faire du mal. »

Elle a marqué une pause avant de poursuivre : « Tu passeras en niveau deux quand nous serons sûrs que tu ne vas pas t'enfuir et que tu es prête à travailler sur toi-même. Alors, tu récupéreras tes chaussures et tu pourras sortir de ta chambre pour prendre tes repas et suivre une thérapie de groupe. Tu auras également l'autorisation de recevoir du courrier de ta famille si l'équipe éducative le décide.

« Ta situation s'améliorera quand tu passeras en niveau trois. Tu ne seras plus seule dans ta chambre, tu suivras des cours dans une salle de classe et tu auras le droit de correspondre avec ta famille. Tu participeras également à d'autres activités. Au niveau quatre, tu pourras te maquiller et recevoir des coups de fil de personnes approuvées par l'équipe éducative. Quand tu atteindras le niveau cinq, ta famille pourra venir te voir et tu seras autorisée à participer à des sorties collectives en ville, comme le cinéma ou le bowling.

« Le niveau six est le plus élevé. Il te permettra de diriger des groupes de thérapie, de superviser d'autres pensionnaires et même de sortir. En fin de parcours, tu pourras rentrer chez toi, mais ce n'est pas pour demain. On n'atteint pas le niveau six avant des mois, voire des années. Cela dépend de toi. Chaque fois que tu te comporteras mal, que tu enfreindras le règlement, ou que tu refuseras de participer activement à ta psychothérapie, tu descendras d'un ou deux niveaux. Et si la situation l'exige, tu pourras même être rétrogradée au niveau un. »

Elle a souri méchamment en prononçant cette dernière phrase et, visiblement, ça la faisait jouir rien que d'y penser.

3.

Après quatre jours à l'isolement, j'ai commencé à avoir des poils sous les bras. Le règlement de la Red Rock Academy n'autorisait la possession d'un rasoir qu'à partir du niveau cinq. Je me demande bien pourquoi, car je n'ai jamais entendu parler d'une fille qui se serait servie d'un Ladyshave comme d'une arme contre elle-même ou contre les autres. N'empêche que lorsque je me suis rendue à la salle de bains vide pour prendre ma première douche – supervisée par une éducatrice qui ne m'a pas quittée des yeux –, on m'a donné un flacon de shampoing pour bébé, un point c'est tout. Ni peigne ni rasoir. Au niveau trois, on avait droit au rasoir électrique – il faut croire qu'ils ne craignaient pas qu'on s'électrocute avec –, mais, en attendant d'y accéder, je n'avais d'autre choix que de retourner à l'état sauvage.

Parmi les abominations du niveau un, il y avait la surveillance constante, y compris quand j'allais aux toilettes. La nuit, des vigiles m'observaient, mais, au cours de la journée, c'était un véritable défilé de filles du niveau six. Certaines étaient de vraies garces, pleines de morgue, qui se servaient de leur statut particulier pour me dominer. Je les haïssais. D'autres, bien que sympas, étaient tout aussi condescendantes et n'arrêtaient pas de me vanter les mérites de la discipline et du programme. Celles-là, je les détestais encore plus.

Au cours de mes premiers jours à Red Rock, j'ai compris ce que devaient éprouver les animaux enfermés dans un zoo. Je n'avais rien pour m'occuper, si ce n'est la lecture de livres de classe ennuyeux remplis de trucs comme de la géométrie, alors que j'aurais dû travailler d'autres matières. J'en aurais pleuré, mais il n'était pas question qu'on me voie dans cet état.

Le directeur de l'institution avait pris le relais du Dr Clayton. C'était une sorte de gourou, version hard, du nom de Bud Austin. « Tu peux m'appeler le Shérif, comme tout le monde », m'a-t-il dit lors de sa première visite, avant de poursuivre avec un petit rire : « Je suis un ancien flic, mais désormais je m'occupe des vrais cas difficiles : les filles dans ton genre. » Il avait apporté une chaise pliante sur laquelle il s'est installé. Grand, les cheveux noirs, le visage barré par une épaisse moustache, il portait un jean's trop serré au bas relevé et des bottes de cow-boy en lézard. Un énorme trousseau de clefs était passé dans un anneau à sa ceinture.

Il a repris son discours formaté : « Tu vas sans doute me haïr au début, comme les autres. Et puis, plus tard, tu te rendras compte que Red Rock est la meilleure chose qui te soit arrivée et que je suis l'une des personnes les plus importantes que tu y aies rencontrées. Qui sait, tu m'inviteras peut-être même à ton mariage. » Mon *mariage ?* ai-je pensé. Je n'ai que seize ans ! Mais il continuait, imperturbable : « Je suppose que tes parents ont lâché prise. C'est pour cette raison que beaucoup de filles deviennent incontrôlables. Pour attirer l'attention sur elles, aussi. Et de l'attention, tu vas en avoir ici. Parce qu'on va te remettre sur la voie, ma fille (c'était comme ça qu'il nous appelait, ou bien par notre nom de famille, jamais par notre prénom). On va corriger ton comportement en remplaçant tes attitudes inappropriées par des attitudes productives. Bref, on va te redresser. Et même si ce n'est pas évident, on t'aime, sache-le. »

Le lendemain, le Shérif est revenu dans ma petite pièce, traînant sa chaise pliante. « Tu es prête à te regarder en face, ma fille ? » C'était la question la plus idiote que j'aie entendue. Regarder quoi, exactement ? Visiblement, il avait déjà décidé que j'étais une pauvre fille en proie à des illusions ! Je me suis contentée de répondre : « Pour ça, il me faudrait un miroir, mais le verre serait sans doute trop dangereux pour une folle comme moi. » Le Shérif s'est levé. Il a replié sa chaise et a quitté la pièce en refermant le verrou derrière lui. L'après-midi du lendemain, même rengaine. « Alors, mademoiselle Hemphill, prête à te regarder en face ? – Oh ! allez vous faire voir. » Le troisième jour, quand il est revenu avec sa chaise et sa question, j'avais bien envie de lui dire de regarder mon majeur en face, mais j'ai préféré me taire. J'ai donc eu droit à un discours sur les deux façons de faire les choses, la facile et la difficile. J'avais envie de rire, parce qu'il y allait de bon cœur, et, en même temps, j'étais au bord des larmes parce que c'était de ce crétin dont je dépendais.

J'ai tenté d'affronter crânement la situation, pour ne pas donner le plaisir de me voir effondrée à toute leur bande – le Shérif, Helga, le Monstre, les garces du niveau six. Mais la nuit, après l'extinction des feux, dans ma chambre verrouillée de l'extérieur, je trempais de larmes mon oreiller.

Finalement, après la cinquième visite du Shérif, alors que j'aurais pu faire des tresses avec mes poils sous les bras, l'une des filles du six a ouvert ma porte. Elle était grande, avec un étonnant visage anguleux encadré par des cheveux blonds sales à la coupe effilée, qui devait nécessiter beaucoup d'entretien. Est-ce qu'au niveau six elles auraient eu le droit d'aller chez le coiffeur ?

« Écoute, Brit. C'est bien ton prénom ? m'a-t-elle demandé avec ce mélange d'impatience et d'exaspération que les professeurs réservent à leurs élèves particulièrement lents. Bon, alors, Brit, peut-être que ça t'amuse de passer tes journées seule en pyjama. Sinon, il vaudrait mieux que tu arrêtes de jouer les révoltées, parce que, ici, ça n'impressionne personne.

— Je ne sais pas de quoi tu parles.

— Dis simplement au Shérif que tu es prête à te regarder en face. C'est ce qui permet de passer au niveau deux.

— Sérieusement ? »

Elle a levé les yeux au ciel avant de poursuivre : « J'ai autre chose à faire qu'à jouer les chiens de garde devant ta porte. Réponds "oui", point barre. On s'en fiche si ce n'est pas vrai. Mets ton orgueil là où je pense et rends-nous ce service. »

Ce conseil se révélerait l'un des plus avisés que j'aie reçus à Red Rock.

4.

« Ivrogne !

— Salope !

— Pute ! Pute ! Pute ! »

C'était ma troisième semaine à Red Rock et, avec une vingtaine d'autres filles, je me trouvais dans l'un des centres de psychothérapie : d'immenses pièces vides aux fenêtres sales, avec des tapis de gym bleus posés sur le sol et d'autres affiches défraîchies sur les murs. (Ma préférée représentait un chat qui s'accrochait à un arbre. Légende : « Il y arrive parce qu'il pense pouvoir y arriver. » Eh bien, non, il y arrive parce qu'il a des griffes.) Aucun meuble. Sans doute redoutaient-ils qu'on ne se mette à les balancer à travers la pièce.

Comme le reste des pensionnaires, je portais l'uniforme de Red Rock : short kaki et chemise, une tenue qui était déjà une vraie punition à elle seule. Au centre du cercle que nous formions se tenait une fille prénommée Sharon. Les insultes pleuvaient sur elle tandis qu'elle nous regardait avec l'expression d'une biche prise dans la lumière des phares d'une voiture. Deirdre, une éducatrice, et Lisa, une fille du six, nous excitaient : « Dites-lui ce que vous pensez. Demandez-lui pourquoi elle couche avec tout le monde. Demandez-lui pourquoi elle ne se respecte pas. »

Bienvenue en « thérapie confrontationnelle ». Ce truc-là était censé nous mettre face à nos problèmes, mais il servait surtout à nous faire pleurer, ce qui semblait être le but visé, d'ailleurs, parce qu'il fallait avoir pleuré un bon coup pour avoir le droit de quitter le cercle et de passer à l'étape suivante. À Red Rock, la TC, comme on l'appelait, était une sorte de jeu du cirque très apprécié et les anciennes cibles ne se révélaient pas les moins agressives. Par exemple, Shana, la fille qui traitait Sharon de pute, s'était fait insulter quelques jours plus tôt à cause de ses troubles du comportement alimentaire, jusqu'à ce qu'elle fonde en larmes et soit promptement récompensée par une accolade de tout le groupe.

Je n'avais pas mis longtemps à me rendre compte que la TC illustrait parfaitement la philosophie de Red Rock, qui consistait à traiter comme des moins que rien les ados souffrant de Trouble Oppositionnel avec Provocation jusqu'à ce qu'elles craquent. J'avais maintenant atteint le niveau deux et je passais mes journées à participer à la TC et à écouter les étranges sermons du Shérif ou de l'une des éducatrices. Une fois par semaine, je rencontrais le Dr Clayton, qui avait déjà proposé de me mettre sous antidépresseurs. C'est vrai que j'étais déprimée, mais uniquement parce que je me trouvais à Red Rock. Le reste du temps, je restais dans ma cellule, où je travaillais sur une sorte de texte à compléter, nettement en dessous de mon niveau scolaire. Je ne pouvais toujours pas écrire à mon père, ni recevoir du courrier de sa part. Il me faudrait pour cela passer en niveau trois, où j'aurais enfin le droit de sortir de ma chambre et d'aller en cours.

« Ton prénom, c'est bien Brit ? »

La fille du six qui m'avait donné la clef pour quitter le niveau un se tenait à côté de moi dans le cercle de thérapie confrontationnelle. Elle me regardait avec le même air supérieur que la dernière fois. Je commençais vraiment à ne plus pouvoir supporter les niveaux six, qui me paraissaient être dans l'ensemble un tas de lèche-culs et de snobs.

« Il n'a pas changé », ai-je répondu.

Elle a froncé les sourcils. « Très bien. Alors, Brit, articule.

— Comment ?

— Ar-ti-cu-le. Fais semblant de dire quelque chose.

— Je ne comprends pas.

— T'es bouchée ou quoi ? Tu n'es pas en train de "participer au processus", comme ils disent. » Elle réussissait le tour de force de chuchoter tout en aboyant.

« Voyons, je ne sais rien de cette fille. Je ne peux pas lui hurler dessus !

— Fais semblant, bon sang ! Sinon, tu vas avoir des ennuis. C'est clair ou je dois encore répéter ? »

Avant que je n'aie pu répondre, elle est repartie plus loin dans le cercle, où elle a continué à psalmodier des insultes d'un air si féroce qu'il fallait l'observer de près pour comprendre qu'en réalité aucun son ne sortait de sa bouche.

Je ne savais que penser de cette fille qui ne me trai-tait pas mieux que les éducatrices et essayait de m'ôter mes illusions. À Red Rock, on pouvait passer au niveau supérieur en dénonçant ses camarades – de vraies méthodes de fascistes. Mais il y avait quelque chose de subversif dans sa recommandation et j'en ai déduit qu'elle essayait vraiment de m'aider. J'ai suivi son conseil et, pour la deuxième fois, ça s'est révélé efficace. En thérapie de groupe, j'ai mimé les insultes et, un peu après, l'une des éducatrices m'a donné une petite tape dans le dos en me félicitant d'avoir commencé à « suivre mon programme ». Cette semaine-là, le Dr Clayton m'a déclaré avec un sourire en coin que pour elle j'étais enfin prête à « affronter mes démons » et à « faire tomber mes barrières ». Traduction : passer en niveau trois et aller en classe, une pièce sans fenêtre où je continuerais à étudier de manière autonome sous la surveillance de vigiles qui avaient l'air incapables d'épeler leur propre nom. On m'a aussi installée dans une chambre avec trois autres pensionnaires : Martha, une grosse fille, Babe, une brindille à l'air prétentieux, visiblement riche, et Tiffany, une blonde boulimique dont les rires étaient aussi hystériques que les larmes.

Quand je n'étais pas en classe, en thérapie ou au réfectoire, j'étais en physiothérapie. La physiothérapie se déroulait dans une cour poussiéreuse, une sorte de carrière brûlée par le soleil. Quatre heures par jour, il s'agissait d'aller prendre de gros parpaings sur une énorme pile et de les déposer une quinzaine de mètres plus loin pour construire un mur. Ça sonne comme une torture, mais cette activité n'était pas dénuée d'avantages. Bien sûr, au début, j'avais d'affreuses courbatures et les mains pleines d'égratignures et de cals, étant donné qu'on travaillait sans gants. On buvait beaucoup pour lutter contre la chaleur, mais on n'avait pas le droit d'aller aux toilettes aussi souvent qu'on en avait envie. Le point positif, c'était que la cour aux parpaings était le seul endroit où l'on pouvait parler tranquillement entre nous, puisque nos surveillants préféraient rester à l'ombre.

« Ça m'abîme affreusement les mains, a gémi Babe. Moi qui avais de si jolis ongles ! »

La fille du quatre qui était à côté d'elle l'a envoyée sur les roses. « Tu nous les brises, Hollywood.

— Je t'ai dit cent fois que je n'habitais pas Hollywood, mais Pacific Palisades, pouffiasse ! »

Les autres avaient surnommé Babe « Hollywood ». Elles étaient jalouses d'elle, sans doute parce qu'elle était ravissante avec ses longs cheveux noirs soyeux et ses yeux bleus en amande, et que sa mère, Marguerite Howarth, était une célèbre actrice de feuilletons télé. Pendant deux jours, Babe avait partagé ma chambre sans daigner m'adresser la parole. Mais cet après-midi-là était visiblement mon jour de chance.

« Tu viens d'où ? m'a-t-elle demandé.

— Portland, dans l'Oregon.

— Ah oui, je connais. Il pleut tout le temps et les gens s'habillent sinistre, avec des trucs en flanelle. »

Moi, j'aime Portland, et ça m'énerve que des gens de Los Angeles la dénigrent. Mais il faut admettre qu'elle n'a pas tout à fait tort pour la flanelle.

« Tu es ici pour quelle raison ? a repris Babe.

— Aucune idée.

— Tu ne vas pas me faire croire ça. Laisse-moi deviner : tu es boulimique ? Tu couches avec tout le monde ? Tu te scarifies ?

— Rien de tout cela. »

Babe m'a examinée d'un air songeur. « Voyons, les cheveux, les tatouages… Tu dois être peintre ou musicienne.

— Musicienne. » J'étais bluffée. Ma mère était peintre.

« Ah, ah ! Alors, héroïne ? Méthadone ?

— Non, c'est simplement que je joue dans un groupe, que j'ai les cheveux rouges et que ma belle-mère est un monstre.

— Vous saviez que nous avions une Cendrillon parmi nous ? a lancé Babe à la cantonade avant de se retourner vers moi. C'est du pur Walt Disney, dis-moi ! Et quel diagnostic t'a collé Clayton ?

— Trouble d'opposition à je ne sais quoi.

— Trouble oppositionnel avec provocation », a clairronné une voix derrière moi. C'était de nouveau la grande fille du niveau six, celle qui m'avait donné un bon conseil. « Le TOP, quoi. On a *toutes* droit à cette étiquette. Ça ne leur prend pas la tête. Et à part ça, par où tu as péché ?

— Je n'en sais rien », ai-je répété.

Elle a poussé un soupir. « Écoute bien, petite nouvelle, je vais te donner un cours de rattrapage. Les pensionnaires de Red Rock se répartissent en plusieurs catégories. Nous avons celles qui prennent des substances, mais rien de plus méchant que le cannabis ou l'ecstasy, parce qu'ils ne sont pas équipés ici pour traiter les cas lourds. Nous avons les déviantes sexuelles, y compris les gouines et les salopes. Cassie, que tu vois là-bas – elle désignait du doigt une rouquine aux cheveux courts et aux taches de rousseur –, est ici sous surveillance parce qu'elle est lesbienne. Babe, c'est parce qu'elle couche – elle s'est fait prendre avec le garçon de piscine.

— Ce n'est pas tout à fait exact, ma chère Virginia, a corrigé Babe en secouant sa crinière. Je me suis fait prendre avec le garçon de piscine *mexicain*. La faute que j'ai commise, c'est ça : franchissement de la ligne blanche entre les classes sociales.

— Merci d'avoir rectifié, Karl Marx. Et s'il te plaît, ne m'appelle pas Virginia, mais V.

— V n'est pas un prénom, choupinette, mais une lettre.

— Une lettre ou quatre, comme toi, c'est quoi, la différence ? Bon, où en étais-je de mes catégories ? Ah oui, les troubles du comportement alimentaire. Des boulimiques, pour la plupart. Les vraies anorexiques ne sont pas acceptées à Red Rock parce qu'elles ont besoin d'une prise en charge sérieuse, pas des conseils bidons qu'ils vendent comme de la psychothérapie. Tu sais que le Dr Clayton n'est même pas psy ? Elle est ici pour nous prescrire des médicaments. Donc, on a simplement un échantillon de filles au régime qui se font vomir de temps en temps et d'obèses dont les parents jugent Red Rock plus thérapeutique que les camps de vacances spécialisés dans la perte de poids.

— C'est le cas de notre Martha, a dit Babe. Elle a fréquenté ces camps.

— Exact. On a aussi un lot de filles qui se tailladent, les automutilatrices. Plus un assortiment de fugueuses et de voleuses à la petite semaine – il y a pas mal de kleptos ici. Et enfin, celles qui ont des idées suicidaires.

— Comme notre Virginia », m'a fait remarquer Babe.

Je me suis tournée vers Virginia. « C'est vrai, tu as fait une tentative de suicide ?

— Non, trop mélo. D'ailleurs, si ça avait été le cas, j'aurais fait peur aux gens de Red Rock et ils n'auraient pas voulu me prendre. J'ai simplement écrit quelques poèmes et nouvelles où il est question d'une fille qui se suicide. Ça a suffisamment effrayé ma mère pour qu'elle m'envoie dans cet établissement pourri où je macère depuis bientôt un an et demi.

— Eh oui, elle s'est baptisée "V" comme vétéran, a lancé Babe avec un petit rire.

— Non, c'est "V" comme Virginia, comme Victoire et comme Va te faire foutre. »

Babe a fait mine de bâiller. « Et comme Vilaine fille. Je suis terriblement impressionnée.

— Le sarcasme creuse un fossé entre soi-même et autrui », a lancé V sur un ton faussement docte. Puis elle a ajouté à mon intention : « Encore une leçon à méditer ici. N'empêche que je suis en niveau six et que j'ai bien l'intention d'être rentrée chez moi avant Noël.

— Où habites-tu ?

— New York. Manhattan. »

L'une des éducatrices, assise dans le patio, a levé les yeux de son magazine. « On arrête de bavarder et on retourne au travail ! nous a-t-elle lancé.

— La barbe ! a grogné Babe. Ils pourraient nous fournir de la crème solaire. Plus tard, quand je devrai me faire botoxer les rides, j'enverrai la facture à Red Rock.

— Hé, on a terminé le mur ! » ai-je dit.

On était tellement occupées à bavarder que je n'avais pas remarqué que les parpaings étaient maintenant tous sagement alignés. Babe et V se sont regardées, puis ont éclaté de rire.

« Oui, le mur est fini, a déclaré V. Et maintenant, il ne nous reste plus qu'à recommencer. »

Babe a soupiré. « Le mur est là pour nous enseigner que notre existence est futile. C'est la logique de Red Rock. »

Le soir, dans notre chambre, j'ai demandé à Babe dans quelle série télé avait joué sa mère, mais elle a détourné la tête comme si je lui avais posé une question indiscrète. Je n'arrivais pas à la saisir. Ni elle ni V. Toutes deux jouaient les Dr Jekyll et Mr Hyde : à un moment elles me donnaient un conseil, et l'instant suivant elles me snobaient. Du coup, je gardais mes distances, pour ne pas être douloureusement déçue. Cette nuit-là, j'ai même versé quelques larmes sur mon oreiller, ce qui ne m'était plus arrivé depuis des semaines. Le lendemain matin, néanmoins, j'ai trouvé un bout de papier plié dans la poche de ma chemise Red Rock :

« Cendrillon, les murs ont des yeux (tu as remarqué les caméras ?) et des oreilles (fais gaffe à Tiffany). Le cafardage est un mode de vie ici. Ne parlons pas à l'intérieur du bâtiment. Uniquement dans la cour à parpaings.

Babe »

J'ai froissé le billet en souriant. Quelqu'un me soutenait.

5.

Petite, je n'ai jamais eu conscience d'être soutenue, car j'ignorais l'impression que cela faisait de ne pas l'être. Je n'aurais jamais pensé me retrouver un jour seule et vulnérable parce qu'à cette époque, il n'y avait pas famille plus unie et plus formidable que la mienne.

Mes parents s'étaient rencontrés à un concert de U2. Papa était « roadie », c'est-à-dire qu'il accompagnait le groupe en tournée en tant que technicien, et Bono avait invité ma mère à danser sur la scène. Il faisait ça à chaque concert. Toutes les filles présentes étaient persuadées de le mériter, mais dans le cas de maman, c'était évident. Elle avait quelque chose de lumineux, une énergie qui attirait les gens à elle, parce que, en sa compagnie, la vie était grisante. C'était un électron libre. Ce soir-là, quand elle a gagné les coulisses sur un petit nuage, elle a vu papa et elle l'a embrassé. Il a été foudroyé net.

À partir de ce moment, ils ont mené une vie de bohème, un vrai conte de fées. Ils ont parcouru ensemble l'Europe et l'Afrique. Maman vendait ses toiles pour gagner un peu d'argent. Ils se sont mariés au sommet d'une falaise au Maroc et elle est tombée enceinte de moi à Londres, dans un hôtel de Portobello

Road. Ils sont ensuite allés à Portland. Là, ils ont acheté une vieille bicoque sur Salmon Street et ils ont lancé CoffeeNation, un café-club-galerie d'art.

J'ignore combien de personnes peuvent se vanter d'avoir fait dans leur enfance des coloriages avec Kurt Cobain, mais c'est mon cas. Quantité de musiciens et de peintres passaient par CoffeeNation, et pourtant ni mon père ni ma mère n'étaient capables de distinguer un *la* d'un *la* mineur. Mais, une fois par semaine, ils tenaient scène ouverte et pas mal de groupes ont débuté dans leur établissement. Je crois bien que chez les musiciens l'endroit avait la réputation d'être un petit paradis.

On y passait pas mal de temps. Au retour de l'école, je m'installais à ma table. Papa me préparait un chocolat chaud et je me mettais à faire mes devoirs. Cela ne prenait généralement pas longtemps, parce que j'avais une quarantaine de « grands frères » et « grandes sœurs » pour m'aider. C'est d'ailleurs curieux comme les musiciens sont bons en maths et c'est sans doute les maths que j'aurais choisies comme matière principale si j'étais entrée en première comme prévu. Le client que je préférais, Reggie, était un tatoueur dont les bras, les jambes et le torse ressemblaient à une mosaïque. La plupart des gens le prenaient certainement pour un voyou, mais c'était un homme adorable. Il aimait lire presque autant que parler, et il se procurait toujours un exemplaire des livres que je devais lire en classe, pour qu'on puisse en discuter tous les deux. Quand je l'ai rencontré, je n'avais que huit ans et on a lu ensemble le roman de Judy Blume, *Dieu, Tu es là ? C'est moi, Margaret*.

Lorsque mes camarades se plaignaient de leurs parents, je ne faisais même pas semblant de les approuver. Après l'école, je restais au café, puis je rentrais avec maman préparer l'un de ces dîners fous dont elle avait le secret. Comme la fois où elle avait décidé qu'on ferait un repas tout violet (un ragoût aubergine-betterave-raisin n'est pas si mauvais que ça, finalement). On dînait tard, au retour de papa. Vraiment, j'aimais être le plus souvent possible avec maman et lui.

Une année, juste avant les vacances de Noël – j'étais en cinquième –, maman s'est mis dans la tête de fuir la grisaille et d'aller passer un mois sur une plage mexicaine. Elle a glissé cette idée dans l'oreille de papa et, en moins de temps qu'il n'en faut pour le dire, ma grand-mère s'occupait de CoffeeNation, et nous, nous étions installés dans une cabane du Yucatan, où nous mangions des tacos au poisson au petit déjeuner. Quels parents offraient à leurs enfants de telles escapades, en acceptant de leur faire manquer la classe pendant une quinzaine de jours ?

Avec le recul, je me dis maintenant que maman ne se préoccupait pas suffisamment de ma scolarité et autres choses du même genre. Mais papa, lui, le faisait. Elle, c'était un peu l'arc-en-ciel après la pluie et lui, le parapluie sous l'averse. C'était lui qui nous tenait au sec, lui qui prenait les rendez-vous chez le médecin, lui qui préparait le goûter, bref, lui qui s'occupait de tout. Il était le parent et maman était comme son autre enfant. C'est peut-être pour ça que personne n'a rien remarqué quand elle a commencé à changer. Elle s'est mise à faire des trucs bizarres, comme nous demander de débrancher les téléphones et de laisser la lumière allumée en bas toute la nuit – pour dissuader les espions, expliquait-elle. Ou bien elle partait travailler et n'arrivait à CoffeeNation que quatre heures plus tard, sans se souvenir de ce qu'elle avait fait pendant tout ce temps. Quand elle s'est armée d'un couteau pour détruire ses toiles parce que, prétendait-elle, des voix le lui avaient ordonné, la tournée des médecins a commencé. Chacun a fait son diagnostic. Tout d'abord « trouble de la personnalité limite ». Puis « paranoïa ». Et enfin « schizophrénie paranoïde ». Mais maman ne voulait pas admettre qu'elle n'allait pas bien et elle refusait tout traitement. Ma grand-mère est arrivée de Californie pour s'occuper de nous. Elle a supplié papa de faire interner maman, mais il répondait toujours : « Plus tard, ça va peut-être s'arranger. » Je pense qu'il en était persuadé. Jusqu'au jour où elle nous a quittés.

Papa a alors dû fermer CoffeeNation. Il a trouvé un travail dans une société d'informatique et c'est là qu'il a rencontré le Monstre, le genre de femme qui s'affole si son sac n'est pas assorti à ses chaussures. Un an plus tard, ils étaient mariés et ma merveilleuse famille n'était plus qu'un souvenir. J'ai compris alors qu'être soutenu ne va pas de soi. C'est quelque chose de particulier, qui peut disparaître à tout moment.

6.

« Comment t'ont-ils amenée ici ? » m'a demandé Babe. C'était ma deuxième semaine dans la cour à parpaings. L'automne était arrivé d'un seul coup, rafraîchissant la fournaise du désert et donnant au ciel une incroyable couleur bleue.

« Comment *qui* m'a amenée ici ? »

Du coin de l'œil, j'ai vu V ricaner. Elle entretenait avec Babe une forme bizarre d'amitié, à base d'insultes affectueuses, et, dans la mesure où je partageais la chambre de Babe, je finissais par passer pas mal de temps avec elle aussi. Malheureusement, je semblais l'agacer en permanence.

« Cassie, tu as déjà fait la connaissance de Brit, notre nouvelle ?

— Non, on s'est simplement croisées. Contente de te connaître, Brit.

— Moi aussi. » Cassie était une solide Texane et c'était sympa de travailler à côté d'elle, car elle abattait pas mal de boulot.

« Bon, alors, je repose ma question : comment es-tu arrivée ici, Brit ? a repris Babe.

— Mon père m'a conduite en voiture. Je ne vois pas comment j'aurais pu venir, autrement.

— Eh bien, sous bonne escorte. »

J'ai dû avoir l'air ahuri et, cette fois, V a rigolé.

« Ne ris pas, V. » Cassie m'a jeté un coup d'œil complice avant de poursuivre : « Moi, ils sont venus me chercher en pleine nuit et ils m'ont emmenée comme un chien errant qu'on va mettre à la fourrière. Ils m'ont même collé les menottes. J'ai cru qu'on m'enlevait, jusqu'au moment où j'ai aperçu mes vieux en train d'observer la scène par la fenêtre.

— Ils ont fait ça parce que tu es... homo ?

— Parce qu'ils croient que je suis homo. En fait, je suis bisexuelle. Mais ne t'affole pas, je ne vais pas te courir après. Tu ne sautes pas sur tous les types que tu rencontres, n'est-ce pas ? Eh bien, moi, c'est pareil avec les filles. »

Elle avait raison. Je ne sautais pas sur *tous* les types que je rencontrais. J'étais simplement raide dingue de Jed.

V a soupiré. « Bon, tu as eu droit au petit discours introductif de Cassie sur l'homophobie. Excuse-la, elle ne peut pas s'en empêcher.

— Ouais, mais ici la moitié des filles ont l'air de penser que j'en veux à leurs fesses, a protesté Cassie. En plus, la plupart sont moches. »

Je me suis tournée vers elle. « On t'a enlevée et conduite ici ? C'est épouvantable ! »

Babe est intervenue. « Ma chère Brit, ce n'est pas un enlèvement, mais la procédure normale.

— Tes parents ont fait pareil, alors ?

— Ma mère. Mon père est hors circuit. Et comme il n'y a pas d'hôtel quatre étoiles à cent kilomètres à la ronde, elle ne risque pas de venir me voir.

— Tes parents ont de l'argent, Brit ? m'a demandé V.

— Ça ne te regarde pas. »

Les siens étaient riches, cela se sentait.

« Baisse un peu le ton avec moi, tu veux. Je pose la question parce que, si tu as du fric, t'es coincée. L'assurance santé finance les trois premiers mois de ton séjour. Du coup, à la fin du troisième mois, les filles sans le sou sont déjà en niveau six, sur la rampe de lancement, et bye-bye. Guérison miraculeuse à Red Rock. Mais si ta famille a de quoi financer ce séjour paradisiaque, tu peux y rester cent ans.

— Jusqu'à tes dix-huit ans serait plus juste, Virginia, a corrigé Babe en voyant mon air épouvanté. À dix-huit ans, on a le droit de s'en aller.

— Vous trois, vous êtes là depuis combien de temps ?

— Moi, six mois, a répondu Cassie. Mes parents ne sont pas riches, mais ils se saignent aux quatre veines pour me faire rentrer dans le rang.

— Et moi, quatre, a dit Babe. Mais tu peux être sûre qu'ici ou ailleurs, j'en ai pour un moment. J'ai passé des années en pension. Bien sûr, c'est mon premier CTR.

— CTR ? »

V a levé les yeux au ciel. « Oh ! là, là, la nouvelle, il faut tout t'expliquer ! CTR, ça veut dire centre thérapeutique résidentiel. Ils appellent ça une école, mais en fait c'est un asile de fous, un camp de redressement de merde où l'on rééduque en milieu fermé les jeunes dont personne ne veut. »

Par moments, Virginia m'exaspérait, avec son air de madame-je-sais-tout.

« Mon père ne m'aurait jamais enfermée dans un camp de redressement ! » ai-je protesté. Rien que d'y penser, j'en avais les larmes aux yeux.

« C'est sûr. Il t'a juste mise ici pour que tu te reposes.

— Ce n'est pas son père, mais sa belle-mère, a corrigé Babe. En fait, Brit, tu ne peux en vouloir totalement à ta belle-mère. Dans sa pub, la direction de Red Rock promet des résultats rapides. Pour un peu, ils présenteraient le centre comme une sorte de Club Med thérapeutique.

— C'est pourquoi ils préfèrent que les parents ne déposent pas leurs enfants ici, a déclaré Cassie avec un sourire sarcastique. Pour qu'ils ne voient pas à quoi ressemble vraiment ce palace. Ils aiment mieux aller te chercher chez toi.

— C'est aussi pour ça qu'ils surveillent ton courrier, a renchéri V. Pour éviter que tu te plaignes. D'ailleurs, dans leur brochure, ils expliquent aux parents qu'ils doivent s'attendre à ce que leurs enfants prétendent être maltraités. Nos mensonges font partie de nos troubles, qu'ils disent. Astucieux, non ? Ils ont l'art et la manière de couvrir leurs arrières.

— Seigneur, mais c'est le goulag ! »

V m'a tapoté le front. « C'est la première phrase intelligente que tu prononces, Brit. Alors, retiens ça : tous les goulags ont leurs secrets, leurs codes, leurs moyens de s'échapper. On peut toujours s'en sortir.

— Quoi ?

— Patience, la nouvelle. Tu as le temps d'apprendre.

— Tu sauras tout, ne t'inquiète pas », a promis Babe.

Cassie a joint les mains et s'est inclinée en avant, comme un moine tibétain initié aux secrets de l'univers, et on a toutes éclaté de rire. C'était la première fois que je riais depuis mon arrivée à Red Rock. Mais à ce moment-là, les surveillantes se sont aperçues qu'on s'amusait et elles se sont empressées de nous séparer.

7.

Dans la cour, on avait l'impression que personne ne s'occupait de nous, mais Babe avait raison, il y avait des yeux partout. Lors de ma séance suivante, Clayton m'a aussitôt parlé de V.

« J'ai entendu dire que tu passais pas mal de temps avec Virginia Larson, ou plutôt V, comme les autres filles l'appellent.

— Si pour vous c'est passer du temps ensemble, alors oui, il nous arrive d'élever ensemble des murs de parpaings, puis de les détruire.

— Tes sarcasmes t'amusent peut-être, Brit, mais ils se retournent contre toi. Quoi qu'il en soit, je te déconseille de fréquenter Virginia.

— Pourquoi ? Elle est au niveau six. Normalement, elle devrait avoir une bonne influence sur moi. » Je n'avais pas encore déterminé si je devais considérer V comme une amie ou une ennemie, mais la réflexion de Clayton m'incitait à pencher pour la première hypothèse.

« Elle est au niveau six pour l'instant, mais elle retombe facilement dans l'erreur, ce qui ne me permet pas de dire qu'elle a une bonne influence. J'ai besoin que tu me donnes ta parole que tu garderas tes distances avec elle. Si tu le fais, ce sera la preuve que tu es assez responsable.

— Assez responsable pour quoi faire ?

— Pour avoir une lettre de ton père. J'en ai une sous le coude depuis quelque temps, mais, jusqu'à maintenant, j'estimais que tu n'étais pas encore prête. »

Non, mais de quel droit pouvait-elle conserver un courrier de mon père ? J'avais envie de sauter par-dessus le bureau et de serrer son cou maigre. Mais j'avais encore plus envie d'avoir ma lettre. Je me suis mordu la lèvre. C'est un geste que je faisais de plus en plus souvent, et ma bouche était maintenant toute violacée à cet endroit. J'ai donc dit que j'éviterais Virginia. Elle m'a tendu l'enveloppe d'un air gourmand. Qu'est-ce qu'elle croyait ? Que j'allais lui faire le plaisir de l'ouvrir devant elle ? Pas question. J'ai attendu pour cela l'heure du dîner.

Chère Brit,

J'espère que tu vas bien. Ici, à Portland, l'automne est arrivé et il pleut tous les jours. Il fait sombre du matin au soir. Ce n'est vraiment pas ma saison préférée. Les feuilles mortes ont déjà obstrué les tuyaux d'évacuation et le séjour a été à nouveau inondé. Ta mère a été très occupée avec les réparations.

Tout le monde va bien. Tu manques beaucoup à Billy. Il aime se traîner à quatre pattes jusqu'à la porte de ta chambre et rester assis devant. Il est adorable.

Ton absence a beaucoup perturbé tes amis du groupe. Jed et Denise sont venus plusieurs fois te chercher et, quand j'ai finalement expliqué où tu étais, Denise s'est mise très en colère. Au fond, je la comprends. Comment ne pas en vouloir à l'ogre qui fait éclater le groupe ? Jed a demandé s'il pouvait t'écrire, mais je lui ai dit que tu n'avais pas le droit de recevoir du courrier de personnes extérieures à la famille. Il a tenu à ce que je te transmette un message à propos d'une chanson que tu as écrite. Pour être franc, il a refusé de s'en aller tant que je n'avais pas juré sur ta tête de te dire qu'ils n'oublieraient pas la chanson Firefly. *J'ai du mal à comprendre de quoi il retourne dans la mesure où tu ne fais plus partie du groupe, mais une promesse est une promesse.*

Je me doute que tu nous en veux beaucoup, à ta mère et à moi, mais j'espère sincèrement qu'un jour tu comprendras que nous avons agi par amour.

Je sais que tu n'as pas encore le droit de m'écrire, mais je serai heureux de te lire dès que tu le pourras.

Je te souhaite un joyeux Halloween.

Toute mon affection,

Papa

Jusqu'alors, je n'avais pas eu à subir les outrages du cercle de thérapie confrontationnelle, mais, deux jours après que j'avais eu la lettre de mon père, le Shérif a décidé de diriger le groupe. Et qui a-t-il eu l'idée de mettre sur le gril ? Il s'est planté dans le cercle et il a mimé le geste de mettre le doigt sur une détente. Puis, imitant un cow-boy, il a lancé en nous visant l'une après l'autre : « Alors, les filles, laquelle d'entre vous pense qu'elle peut échapper à la vérité ? Toi ? Toi ? Toi ? » Il s'est alors arrêté sur moi et m'a fait signe d'aller au milieu.

« Alors, mademoiselle Hemphill, je n'ai pas l'impression que tu nous aies raconté beaucoup de choses, n'est-ce pas ? Il paraît que tu as reçu une lettre de ton père. Qu'est-ce que cela t'inspire ? »

Je savais ce que j'étais censée répondre : que la lettre m'avait mise en colère et que je détestais mon père de m'avoir envoyée dans ce trou. En TC, la coutume était de commencer par le plus évident. De fait, cette lettre m'avait rendue furieuse. Furieuse que papa prétende que la décision de m'envoyer à Red Rock était la sienne. Furieuse qu'il s'obstine à dire « ta mère » en parlant du Monstre, comme si cela suffisait à faire en sorte que ce soit vrai et à effacer ce qui s'était passé avant. Et furieuse de savoir qu'il pensait le groupe séparé, et moi exclue, comme s'il avait tout fait pour cela. En même temps, une petite voix me disait que j'avais tort d'être en colère. Parce que si j'en voulais au papa d'après, celui qui avait laissé le Monstre me fourrer dans cet endroit, je n'arrivais pas à oublier complètement le papa d'avant. Avant, mon père était cet éternel inquiet auprès duquel j'avais grandi, le cœur tendre qui s'était effondré lorsque maman avait perdu la raison. Avant, c'était une vraie crème, qui adorait maman et faisait ses quatre volontés. Après, ce sont les quatre volontés du Monstre qu'il a faites.

« On dirait que Mlle Hemphill a besoin d'un encouragement de votre part, les filles, a dit le Shérif. L'une d'entre vous peut peut-être aller voir ce qui se passe dans son petit crâne furibard. Bon sang, comment fait-elle pour rougir de colère jusqu'à la pointe des cheveux ? »

Les filles du cercle ont gloussé. Comme si des mèches rouges étaient le truc le plus dingue qu'elles puissent imaginer. En plus, ma couleur de cheveux n'a rien de rebelle. Parmi les amis de mes parents qui venaient à CoffeeNation, beaucoup avaient des mèches fluo et, quand j'étais enfant, ma mère m'aidait à donner des reflets à mes cheveux avec des colorants alimentaires.

En fait, je me fichais de ce que tout le monde pouvait dire, y compris le Shérif qui me terrifiait autant qu'il me mettait en rage. J'étais trop occupée à penser au courrier de papa, ou plutôt au petit cadeau qu'il avait mis dedans sans le vouloir. Parce que si *Firefly* est bien une chanson, ce n'est pas moi qui en suis l'auteur.

*

* *

J'ai toujours considéré comme une sorte de miracle mon admission dans le groupe. Les trois autres membres de Clod étaient non seulement plus âgés que moi, mais en plus dotés d'une grande expérience musicale. Jed était à la guitare, Denise à la basse, Erik à la batterie. Quand j'ai tenté ma chance, j'avais quinze ans et dire que j'étais nulle en guitare serait presque un euphémisme.

C'est pour échapper un peu au Monstre que j'avais décidé d'apprendre à jouer de cet instrument. Après son mariage avec papa, ma belle-mère a en effet cessé de travailler. Du coup, elle était toujours à la maison, en train de redécorer la cuisine ou de parler au téléphone avec sa sœur qui vit à Chicago. Elle s'arrangeait pour que je ne me sente plus chez moi. J'ai donc essayé d'être là le moins possible. Après les cours, je traînais dans les cafés devant un déca. Et puis, un week-end, lors d'un vide-grenier, j'ai acheté une guitare électrique et un ampli d'occasion. Je me suis procuré une méthode et je me suis efforcée d'apprendre toute seule, réfugiée dans notre sous-sol, en essayant de ne pas penser à la période où une bonne vingtaine de musiciens auraient été ravis de me donner des leçons.

Je grattouillais la guitare depuis cinq mois quand j'ai vu une annonce à l'X-Ray Café : « Trio punk-pop cherche guitariste rythmique. » Consciente de mon faible niveau, j'étais plutôt nerveuse en allant passer l'audition chez Jed, mais, lorsque je l'ai vu, je suis devenue une vraie centrale électrique. Jed était grand et dégingandé, avec des cheveux bruns très souples qui bouclaient sur sa nuque et des yeux verts à la pupille cerclée d'or. J'avais rencontré pas mal de rockers séduisants à CoffeeNation, mais Jed me faisait vibrer. Je me suis absorbée dans le raccordement de ma guitare à l'ampli pour tenter de masquer mon trouble. Malheureusement, je n'ai pas remarqué que l'ampli était à l'envers. Un larsen géant a fait vibrer les murs.

« Waouh ! » a crié Denise. Elle avait des cheveux blonds décolorés et un regard qui vous dissuadait de le soutenir.

« Cool ! s'est exclamé Erik. Voilà qui va nous déboucher les oreilles !

— Tu peux arrêter ça ? » a hurlé Jed. Je restais là comme une idiote et c'est lui qui a dû venir éteindre l'ampli. « Bon, au moins tu as prouvé que tu pouvais faire un bon feed-back », a-t-il ajouté.

J'ai repris mes esprits. « Oui, j'ai été nourrie toute petite au Velvet Underground, alors j'ai ça dans le sang. »

Ça a fait sourire Jed. « OK. Voyons comment tu joues. On va interpréter *Badlands*. Du basique. Tu raccordes quand tu es prête. »

Au début, j'ai eu peur de me lancer et, quand je me suis enfin jointe à eux, je me suis un peu emmêlée dans les cordes. Et puis, il s'est passé quelque chose d'étrange. Je me suis détendue et il y a eu soudain un déclic. J'étais peut-être la plus mauvaise guitariste de Portland, mais quand j'ai joué avec Clod, ça a déchiré.

Jed m'a appelée quelques jours après pour m'annoncer que j'étais prise. « Eh bien, les autres candidats devaient être nullissimes ! » ai-je plaisanté.

Il a ri. Même au téléphone, c'était un son chaleureux. « Non, certains étaient même bourrés de talent. Mais quatre bons techniciens jouant ensemble ne font pas forcément un bon groupe. On a beaucoup aimé ta vibe. Et pour la distorsion, tu étais de loin la meilleure.

— Merci. J'avais pas mal travaillé ça, ai-je répondu, ce qui l'a fait rire de nouveau. Je dois tout de même te dire que je ne sais pas faire les accords barrés. »

Cela ne l'a pas découragé, même si je l'ai entendu soupirer. « On s'en occupera, les barrés ont leur importance. »

Dès que j'ai commencé à jouer avec Clod, j'ai eu l'impression de faire partie du groupe depuis toujours. Jed m'aidait à corriger mes lacunes. Après les répétitions, tandis que Denise et Erik allaient manger quelque chose à l'extérieur, il me faisait reprendre les parties sur lesquelles je peinais. Parfois, il se penchait au-dessus de moi pour placer correctement ma main sur le manche et je sentais le duvet de son avant-bras sur le mien. J'avais alors beaucoup de mal à me concentrer sur la musique.

Je me suis exercée tous les jours, jusqu'à avoir le bout des doigts à vif, puis tanné comme du cuir. J'ai progressé vite, très vite. Quand j'ai enfin maîtrisé les fameux barrés, Jed a hoché la tête, l'air un peu absent comme toujours, puis il a souri et il m'a demandé de travailler ma voix.

« Je ne sais pas chanter », ai-je dit.

Jed m'a regardée dans les yeux. « Écoute, Brit, je vais te confier un secret. Tu es *tout le temps* en train de chanter. Des chansons, des jingles de la télé… Et quand tu as tes écouteurs sur les oreilles, tu chantes vraiment fort.

— Il ne plaisante pas, a commenté Erik en riant.

— On t'a tous entendue, a ajouté Denise. Tu as une jolie voix. »

C'est comme ça que j'ai commencé à chanter deux ou trois chansons. Ensuite, je me suis mise à écrire des textes. Puis à créer des riffs pour accompagner mes textes. Soudain, c'étaient mes propres chansons que jouait le groupe. Et je ne pouvais pas ne pas remarquer les petits hochements de tête accompagnés d'un sourire que m'adressait Jed.

*
* *

« Brit, tu nies l'é-vi-dence. Et je ne parle pas d'une nouvelle danse. »

J'ai sursauté. Kimberly, une fille du niveau quatre, me regardait d'un air mauvais. Le Shérif avait l'air d'apprécier son jeu de mots idiot. Cette lèche-cul venait certainement de gagner son passage en niveau cinq à mes dépens.

« Exact, a approuvé le Shérif, et il va falloir l'admettre. Ça nous fera gagner du temps. Car c'est bientôt le moment de voir la réalité en face, pas vrai, les filles ?

— Oui.

— Bientôt.

— On est toutes dans le même bain. »

Le chœur de bla-bla psy a continué. Je me suis réfugiée en moi-même pour ne plus l'entendre.

*
* *

Je savais que cela ne rimait à rien d'être amoureuse de Jed. À la fin de chaque concert, des admiratrices l'attendaient à l'entrée des artistes. Des filles cool : frange noire et lunettes de grand-mère, ou bien cheveux ras et anneau dans le nez. Quand on avait remballé nos instruments, il s'éclipsait parfois avec l'une d'entre elles. Ces aventures ne duraient pas. *Finalement*, me disais-je, *c'est mieux d'être son amie, sa protégée, sa petite sœur, que de sortir avec lui quelques jours*. Du moins, c'est ainsi que j'essayais de me consoler.

J'étais très heureuse d'avoir le groupe dans ma vie. Surtout depuis le moment où le Monstre avait constaté que son test de grossesse était positif. J'ai dès lors eu l'impression qu'elle me considérait comme une sorte de rivale, quelqu'un qui était en compétition avec elle pour l'amour de papa. Devant moi, elle s'est mise à lui dire tout le mal qu'elle pensait de mes mauvais résultats en classe et de mes horaires tardifs, expliquant que j'étais beaucoup trop jeune pour jouer dans un groupe.

Pourtant, elle aurait dû remercier Clod. Si je n'avais pas été membre du groupe, je crois que rien ne m'aurait retenue de la balancer du haut du pont dans la rivière. À cette période, j'étais une vraie catastrophe en répétition. Je fondais en larmes au milieu d'un morceau, ou bien je massacrais une chanson que je connaissais pourtant parfaitement. J'étais certaine que les autres allaient me virer. Mais non. Ils se contentaient de s'interrompre. Jed allait me chercher un café et ils attendaient que je me calme. Denise improvisait à la basse des petites chansons marrantes sur le Monstre pour me remonter le moral, tandis qu'Erik me proposait plutôt une bouffée planante de sa pipe à eau.

Je ne vivais plus que pour les répétitions et nos concerts. On s'entassait dans la fourgonnette de Jed, on faisait une pause pour manger des burritos dans un resto mexicain, puis on allait jouer. Généralement, c'était dans un café ou chez des gens qui faisaient une fête, mais parfois nous passions dans un vrai club. Une fois sur scène, face à ces personnes qui communiaient avec notre musique, j'éprouvais la même montée d'adrénaline que lorsque je m'étais présentée au groupe, mais en mille fois plus fort. Après avoir joué, on remballait et on allait se goinfrer de pancakes et de café. Je rentrais chez moi heureuse, comme si je m'étais trouvé une seconde famille.

Le jour où le Monstre a eu les premières contractions, j'ai eu l'horrible impression que dès que l'enfant sortirait de son ventre, je serais définitivement expulsée du cœur de mon père. N'ayant pas plus envie d'aller à l'hôpital que de rester seule à la maison, j'ai sauté sur mon vélo et j'ai pédalé au hasard. C'est seulement en arrivant à une centaine de mètres de chez Jed que j'ai compris où j'allais. Il faisait un magnifique temps de printemps, doux et clair, comme cela arrive parfois dans l'Oregon en mars. Jed grattait une guitare acoustique sous son porche. J'ai amorcé un demi-tour, car je n'avais pas envie qu'il me voie, mais je l'ai entendu crier : « Comment ça, Brit, tu repars en douce ? Ce n'est pas sympa ! Viens un moment. »

J'ai laissé mon vélo devant chez lui et je l'ai rejoint sous le porche. Je devais avoir l'air ravagée, car Jed, pourtant bien peu démonstratif, m'a ouvert les bras et je me suis effondrée sur sa poitrine. J'ai éclaté en sanglots et j'ai versé tant de larmes que la manche de son T-shirt a été trempée, mais cela n'a pas paru le gêner. Il n'a pas non plus eu l'air de me prendre pour une folle. Il s'est contenté de me caresser la tête en murmurant : « Ça va aller, ça va aller. » Puis il est rentré et il est revenu avec deux tasses de café fumant et un gant de toilette imbibé d'eau fraîche.

« Merci, ai-je dit en passant le gant sur mon visage. Tu sais, le Monstre est en train d'accoucher. »

Il a hoché la tête. « C'est bien ce que j'ai pensé.

— Maintenant, ça va être pire qu'avant et je ne suis pas sûre de pouvoir le supporter. »

Je n'avais jamais parlé de ma mère aux membres du groupe, mais ils semblaient se douter que quelque chose de très pénible était arrivé dans ma famille. Il suffisait d'ailleurs de lire entre les lignes des textes de mes chansons.

« Tu le supporteras très bien, a dit Jed d'un ton calme.

— Comment peux-tu en être sûr ? Tu n'es pas à ma place ! »

Il a froncé les sourcils. « Je sais que c'est dur pour toi, mais tu es forte.

— Je ne suis pas invincible comme l'Homme d'acier, Jed. Plutôt aussi fragile qu'une fille en papier.

— Faux. Tu es beaucoup plus forte que tu ne le penses. »

Nous avons parlé et écouté de la musique pendant des heures. Dans sa collection de disques et de CD, chacun a choisi pour l'autre ceux qu'il aimait, moi les titres de U2 et de Bob Marley sur lesquels je dansais avec ma mère, lui des chansons de Joan Armatrading et de Frank Sinatra, et d'autres dont je n'avais jamais entendu parler. La musique le rendait bavard et il s'est mis à me raconter les étés dans le Massachusetts. Et les lucioles.

« Je n'ai jamais vu de luciole, lui ai-je confié. Ici, dans l'Oregon, on n'a que des limaces.

— J'avais remarqué. Attends un instant. » Il est allé mettre un autre disque. « C'est l'American Music Club, le groupe le plus mélancolique du monde, à mon avis, a-t-il annoncé pendant que le saphir scratchait. Idéal pour ce soir, apparemment. »

La chanson qu'il avait choisie s'appelait *Firefly* (« La Luciole »). Je n'avais jamais entendu un air aussi émouvant. D'une voix emplie de tristesse et de nostalgie, le chanteur invitait une jeune fille à aller voir voleter les lucioles. On aurait cru qu'il exprimait mes propres sentiments. En passant cette chanson, Jed voulait me montrer qu'il me comprenait.

Puis il a accompagné le refrain en me regardant. « Tu es si jolie, baby, je ne connais rien de plus beau… » Même si cela paraît absurde, je jure que je sentais une sorte de courant électrique nous relier. J'osais à peine respirer. Quand le disque s'est arrêté, Jed a gardé les yeux fixés sur moi. Je mourais d'envie de l'embrasser. Je me suis approchée de lui et c'est alors qu'il a déposé sur mon front un baiser léger comme un papillon. « Il vaut mieux que tu rentres, maintenant, a-t-il murmuré. Il est tard. »

Je n'avais aucune envie de m'en aller. Je voulais seulement enfouir mon visage dans son cou et fusionner avec lui. Mais il ne me proposait rien de tel et je ne tenais pas à gâcher le moment le plus romantique de mon existence.

Je suis donc partie. Le lendemain, Billy est arrivé à la maison et je n'ai plus compté. Papa et le Monstre étaient trop occupés à émettre des gazouillis à l'intention de la petite merveille, qui, à première vue, était surtout une machine à manger, pleurer et évacuer.

Quant à Jed, il s'est montré par la suite aussi amical et attentif, mais c'était comme si cette soirée n'avait jamais eu lieu. J'étais redevenue sa petite sœur. Et je pensais que ces moments lui étaient sortis de l'esprit, jusqu'à ce que je reçoive la lettre de mon père.

*
* *

« Bien, je pense que Mlle Hemphill a besoin d'un encouragement particulier », a beuglé le Shérif. Il a recommencé à pointer son index comme le canon d'un revolver sur les filles du cercle et cette fois il s'est arrêté sur Virginia, qui était censée motiver le groupe en étant la plus véhémente. « Mademoiselle Larson, vous avez fait la connaissance de Mlle Hemphill. Pouvez-vous nous dire ce qui se cache derrière son apparence décontractée ? »

Je suis revenue à la réalité en voyant les yeux de V rivés sur moi, avec une expression à la fois dure et gentille. Je savais ce qu'elle pensait : *Laisse ton orgueil au vestiaire. Donne-leur un os à ronger, à ces chiens, ou ils ne feront qu'une bouchée de toi.* Je savais aussi qu'elle avait raison. Mais je n'ignorais pas non plus que si j'ouvrais la bouche, je risquais de dire des choses que je n'avais envie de confier à personne.

« Tu te crois intéressante avec tes cheveux en pétard et tes piercings, a crié V, mais ta couleur fiche le camp et tes piercings se sont fait la malle. Et t'es quoi, maintenant ? Une fille ordinaire, affreusement banale. » J'ai vu son regard suppliant qui cherchait le mien, et j'ai compris ce qu'elle tentait de faire. Elle envoyait les chiens sur une fausse piste. À cet instant, j'ai su qu'elle était mon amie.

Tiffany s'est empressée de prendre le relais. « Tu joues les dures, mais je t'ai entendue pleurer », a-t-elle lancé. Elle était complètement à côté de la plaque. Je ne pleurais plus, maintenant. Je l'ai foudroyée du regard jusqu'à ce qu'elle soit au bord des larmes, elle.

Quelques filles ont tenté des commentaires tout aussi minables, qui ont manqué leur cible car je me suis contentée de garder la tête haute, avec une expression de défi, en puisant dans mes ressources. Du coup, leur jeu de massacre a tourné court. Eh oui, ce cher Shérif n'avait pas la patience des autres membres de l'équipe éducative, capables, eux, de vous laisser dans le cercle pendant une heure. J'ai été libérée au bout de dix minutes. Cela signifiait peut-être que je serais rétrogradée au niveau trois, mais je m'en moquais.

« Prenez place, mademoiselle Wallace », a alors ordonné le Shérif, l'index pointé sur Martha, ma compagne de chambre, et mon cœur s'est serré. En thérapie confrontationnelle, les grosses ne sont pas à la fête et le Shérif, qui ne voulait rien savoir des difficultés d'une fille jeune en surpoids, était notoirement cruel avec elles. Et comme personne n'avait pu se défouler sur moi, la pauvre Martha allait tout prendre.

« Salut, gros tas.

— Alors, l'énorme, pourquoi tu bouffes autant ? »

Deux filles imitaient les grognements d'une truie. Le Shérif arborait un sourire de satisfaction. Pour moi, tout cela dépassait les bornes. Dans mon école, à Portland, ce genre de remarques était sanctionné. Ici, elles étaient considérées comme de la thérapie. Tandis qu'un chœur d'insultes s'élevait, Martha, cachée derrière sa mèche de cheveux bruns, gardait les yeux fixés à terre en se balançant maladroitement d'un pied sur l'autre. Personne n'essayait de l'aider. Personne n'évoquait l'idée que la nourriture pouvait être utilisée comme un remède à la solitude ou une façon de cacher sa féminité. Une vingtaine de filles reportaient sur elle leurs problèmes d'image corporelle. Comme moi, Martha restait silencieuse. Elle commettait cependant l'erreur de baisser les yeux, ce qui était signe de défaite. Elle me tournait le dos et c'est seulement en voyant des traces humides sur le tapis bleu que j'ai su qu'elle pleurait. Généralement, quand les vannes s'ouvrent, la fille qui craque est consolée par des paroles, des embrassades ou des tapes affectueuses dans le dos, mais Martha n'a eu droit qu'à un mouchoir en papier.

Ce soir-là, au réfectoire, je me suis assise près d'elle, qui était seule, comme d'habitude. À ma grande surprise, Babe, Cassie et V sont venues nous rejoindre.

« Je suis désolée, Martha, ai-je dit, c'est ma faute si tu t'es fait allumer tout à l'heure. »

V est intervenue, le visage rouge de colère. « Vous n'êtes responsables de rien du tout, ni l'une ni l'autre, a-t-elle sifflé entre ses dents. C'est cet endroit qui est à blâmer. Ils confondent cruauté et thérapie. Pas étonnant que la plupart des filles en ressortent plus mal qu'elles n'y sont entrées.

— Ç'a été particulièrement brutal aujourd'hui, a constaté Babe. Quand je pense que je croyais avoir été dure lors de la séance "pute"… »

Cassie l'a interrompue. « Tu avais plutôt l'air de t'amuser comme une folle.

— Ce n'est pas faux. En fait, ça ne porte pas à conséquence. Qui n'est pas un peu pute ? »

Le nez dans son assiette, Martha s'est soudain exclamée : « Je n'y comprends rien !

— À quoi ? ai-je demandé.

— Je suis censée mincir, mais regardez ce qu'ils nous donnent à bouffer ! » Elle pointait du doigt le contenu de son assiette, du poisson pané accompagné de carottes trop cuites noyées dans de la margarine fondue. « Si j'avale ça, je vais grossir et si je ne le mange pas, ce sera signalé », a-t-elle poursuivi en agitant la main en direction des éducatrices armées d'un bloc-notes. Là-dessus, elle a fondu en larmes.

Pauvre Martha ! À Red Rock, la nourriture était en dessous de tout. Tout était congelé et en barquettes : steaks hachés d'origine douteuse, burritos, pizzas, poisson pané, nuggets de poulet, crèmes glacées sans crème, biscuits. En guise de légumes frais, nous avions droit à de la laitue iceberg accompagnée de tomates avachies. C'était si mauvais que je finissais par manger des sandwichs au beurre de cacahuètes pratiquement tous les jours. Mais les filles sous surveillance alimentaire n'avaient pas droit à ce luxe. Elles étaient contrôlées en permanence. Si elles mangeaient trop, elles étaient pénalisées ; si elles ne mangeaient pas assez, elles subissaient le même traitement, car on les soupçonnait alors de s'affamer. Martha était censée perdre du poids, mais à Red Rock, où les règles étaient un modèle d'absurdité, elle devait finir son assiette.

« Ne pleure pas, Martha, a dit V avec la brusquerie qui la caractérisait. Il ne faut pas leur montrer ta faiblesse. Dans ce trou, on trouve toujours le moyen de s'en sortir. »

Martha a levé le nez. « En faisant quoi, par exemple ?

— Oui, explique-nous, ai-je renchéri.

— Pas ici, a chuchoté V. Les nouvelles, vous aurez droit à un cours sur la question, mais plus tard. Babe vous tiendra au courant. Bon, maintenant, on dégage séparément, avant de se faire remarquer. » Elle s'est levée et d'une voix forte, afin d'être entendue des surveillantes, elle a lancé : « C'est bien, Martha. Tu commences enfin à comprendre que tu te sers de la nourriture comme de béquilles. » Puis elle nous a adressé un petit salut, accompagné d'un clin d'œil à Martha, et elle s'est éclipsée.

8.

« Chut ! Pas un bruit ! » Penchée au-dessus de moi en pyjama, Babe avait posé la main sur ma bouche. J'ai ouvert les yeux. « Debout ! » Puis elle est allée réveiller Martha de la même manière. Sauf que Martha a fait un bond d'un mètre dans son lit et que cela a failli réveiller Tiffany. On a retenu notre souffle toutes les trois jusqu'à ce que Tiffany se remette à ronfler, entourée par ses nombreuses peluches.

Nous sommes sorties de la chambre. Babe nous a précédées dans les couloirs jusqu'à la jonction de la partie résidentielle du bâtiment avec les bureaux. Elle a pointé le doigt vers la chaise du vigile, qui était vide. Par la porte ouverte d'un placard à balais, on a effectivement aperçu le gorille en train de dormir, allongé sur le sol. « C'est réglé comme une horloge, a dit Babe. Il s'offre toujours un roupillon entre une heure et trois heures du mat', ce qui nous laisse un peu de temps. » Il était une heure et quart.

« Comment as-tu fait pour te réveiller sans réveil ? a demandé Martha à Babe.

— Je n'ai pas dormi. Je fais défiler dans ma tête les anciens épisodes des feuilletons télé de ma mère et je rigole tellement que ça me tient éveillée.

« — Et les caméras ? ai-je interrogé.

— Il n'y en a pas partout, et de toute façon on n'y voit rien quand les lumières sont éteintes. »

Elle nous a conduites dans un bureau où nous attendaient déjà V et Cassie. On s'est toutes assises en rond par terre.

« Génial ! s'est exclamée Martha. Comment êtes-vous entrées ? »

V a montré une petite clef argentée. « Secret numéro un, le passe. Il ouvre toutes les portes du bâtiment.

— Et lui, comment l'avez-vous eu ? » ai-je demandé.

C'est Cassie qui m'a répondu : « Notre astucieuse V l'a fauché dans le trousseau du Shérif.

— Il croit l'avoir perdu, a dit V. Alors, bien sûr, il faudrait qu'ils changent toutes les serrures, mais ils n'en ont pas l'intention, cela coûterait trop cher. »

Martha a soudain eu l'air inquiet. « Et si on se fait prendre ? Je n'ai pas envie de redescendre au niveau un.

— On ne se fera pas prendre, a répondu V. Je suis ici depuis une éternité et je connais les habitudes de ce vigile. Il dort entre une et trois heures, je vous l'ai dit. Vous croyez que je m'y hasarderais, autrement, alors que je suis en niveau six ?

— Ne perdons pas de temps, mes chéries », a dit Babe.

Cassie a approuvé de la tête. « D'accord, mais ce ne serait pas mieux si on s'accueillait officiellement ?

— Bonne idée, a dit V. Mesdemoiselles, bienvenue au club.

— À l'ultra-sélect… a commencé Babe.

— L'ultra-branché… ai-je poursuivi.

— Club Fermé des… des… a hésité Martha.

— Des Fêlées ! » a terminé Cassie.

V a ri. « Adjugé. Brit, Martha, bienvenue à l'Ultra-sélect, Ultra-branché Club Fermé des Fêlées. Et maintenant, parlons sérieusement. En un an et demi, j'ai découvert des moyens de contourner pas mal de règles en vigueur à Red Rock. Je déteste cet endroit et je ferai tout pour l'anéantir. C'est ma révolution de l'intérieur. »

V, Babe et Cassie ont alors entrepris de nous expliquer, à Martha et à moi, comment faire sortir une lettre du centre. On pouvait la confier à une fille du niveau cinq ou six dont on était sûres avant qu'elle n'aille en ville. Sinon, parmi les personnes qui servaient au réfectoire, il y en avait deux ou trois sur lesquelles on pouvait compter pour ce genre de service.

« Parlez-nous-en tout de même avant de confier un courrier à qui que ce soit, a prévenu V. Le personnel de Red Rock a droit à des gratifications s'il nous dénonce.

— En plus, quand on est ici depuis quelque temps, on peut aussi recevoir du courrier qui ne vient pas de la famille. » Cassie m'a lancé un regard complice.

« Comment est-ce possible ? ai-je demandé, incrédule. Ils lisent tout !

— Je vais te l'expliquer, mon chou, a dit Babe. Il suffit que la personne prétende être ta mère, ton père, ton frère, etc. On lit le courrier que tu envoies, mais celui que tu reçois est juste trié et s'il est signé "Affectueusement, papa et maman", ça passe, car le personnel est plutôt flemmard, Dieu merci. Ils n'iront pas chercher plus loin. »

V a hoché la tête. « Exact, mais il faut faire gaffe et utiliser le code. Parce que si la lettre est interceptée, tu en prends plein la figure.

— C'est quoi, le code ? ai-je demandé.

— Vous n'avez rien entendu ? » Martha nous regardait, l'air affolée.

On s'est toutes figées. « Je suis sûre d'avoir entendu parler », a-t-elle poursuivi, tandis que V mettait un doigt sur ses lèvres. Le seul bruit que l'on entendait maintenant dans la pièce était le tic-tac d'une horloge dans le couloir. J'osais à peine respirer. Je n'avais aucune envie d'être prise en flagrant délit au moment même où j'étais en train de me faire des amies.

Au bout de cinq minutes, V s'est risquée à aller voir ce qui se passait. « Fausse alerte, a-t-elle déclaré à son retour. Le gorille ronfle. Tout va bien. » Puis, voyant l'air contrit de Martha, elle a ajouté : « Mais tu as eu raison d'être vigilante, Martha. »

J'étais impatiente de reprendre la conversation où nous l'avions laissée. « Est-ce qu'on pourrait revenir à cette histoire de code ? ai-je demandé, pensant à une personne bien précise dont j'espérais recevoir du courrier.

— Bien sûr, a acquiescé V. Voici comment on procède, et ça a marché jusqu'ici. Les conditions de vie à Red Rock sont décrites sous forme de soucis concernant la santé de papy, de mamie et autres membres de la famille. Quant aux manifestations d'amour et d'affection, elles passent par des descriptions lyriques du beau temps. Il faut évidemment expliquer ces règles de base dans la première lettre que vous faites passer à l'extérieur. Ensuite, à vous d'introduire des subtilités.

— Un code personnel, en quelque sorte.

— Oui. Ça peut être assez rigolo. Babe a même réussi à échanger des courriers codés torrides avec son garçon de piscine qui, en plus, ne parle même pas notre langue !

— Je te signale que si, a rétorqué Babe. Et il a un prénom, il s'appelle Pedro.

— Mais n'en abusez pas, a repris V, car ils peuvent repérer une lettre au hasard. Clayton est maligne et, si elle flaire une entourloupe, elle va vous flinguer. Ici, il faut toujours être sur ses gardes, car ils nous ont à l'œil. »

On s'est tues pendant plusieurs minutes, puis V est allée voir l'heure dans le couloir. « Il est presque trois heures, a-t-elle annoncé. Avant qu'on ne se sépare, je voudrais vous donner une autre info. Quand on est ici depuis un certain temps, on peut se débrouiller pour s'échapper pendant quelques heures sous certaines conditions bien particulières. Il faut d'abord avoir des permissions de sortie. Cassie l'a fait. Il y a même une fille, Deanna, qui est connue pour avoir découché pendant une randonnée obligatoire de deux jours. Elle s'est pointée le lendemain matin, ni vu ni connu. Malgré tout, comme il n'y a rien d'intéressant à des kilomètres, ça ne vaut pas le coup de prendre le risque pour le moment. Mais c'est bon de savoir qu'on peut le faire, hein ? »

On a hoché affirmativement la tête. Martha a levé la main.

« Martha, on n'est pas en classe, a protesté V. Quelle est ta question ?

— Et la nourriture ?

— Ah ! C'est si simple que j'avais oublié. Les socquettes.

— Les quoi ? »

Babe a pris le relais. « Les socquettes. Celles qui tire-bouchonnent sur la cheville, comme les tiennes. Tu la fourres là-dedans, et tu peux la balancer dans la cour. »

Martha a jeté un coup d'œil à ses pieds. « Pourquoi n'y ai-je pas pensé ? » a-t-elle murmuré.

V commençait à s'impatienter. « Il faut rentrer avant que le vigile ne se réveille. Mais vous devez savoir qu'ici, on ne vous aide pas à vous reconstruire. On vous colle sur une voie de garage en faisant casquer vos parents un max. Le Shérif, Clayton, l'équipe éducative, tout le monde se fiche de notre sort. Et ils ne veulent pas qu'on s'entraide. Donc à nous de ne pas le montrer. Si l'on peut compter les unes sur les autres, on ne sera pas aussi barges que nos parents le croient. » Elle a tendu le bras à l'intérieur du cercle que nous formions.

« Toutes pour une et une pour toutes ? » a demandé Martha.

V a répondu par un signe de tête affirmatif.

Martha a tendu le bras à son tour et Babe a fait de même. « Mes chéries, n'oublions pas que nous formons le Club Fermé des Fêlées.

— Nous sommes sœurs, a dit Cassie en l'imitant.

— Nous sommes sœurs », ai-je répété. J'ai placé ma main droite au-dessus des leurs et j'ai senti la force qui se dégageait de notre union. « Sœurs contre Tous. »

9.

Ma chère Brit,

Joyeuse fête de Thanksgiving, Brit. J'espère qu'à ton école la dinde sera délicieuse. Ici, ce dîner sera tranquille. Ta grand-mère espérait se joindre à nous, mais elle souffre trop de sa hanche pour venir en voiture et elle déteste l'avion. Je suis pourtant sûr que si tu avais été ici, elle aurait fait le voyage malgré tout. Elle ferait n'importe quoi pour toi.

L'école nous a envoyé quelques comptes rendus te concernant. Je vois que tes notes sont meilleures et ta mère et moi en sommes ravis. La psychiatre explique que tu progresses, mais que tu refuses encore de voir certaines vérités en face. J'espère que tu vas profiter de cette occasion pour surmonter ta colère.

Il paraît aussi que tu as maintenant le droit d'écrire des lettres. J'ai hâte d'avoir de tes nouvelles. Nous viendrons peut-être te voir dans quelques semaines, après Noël, si tes professeurs nous le permettent.

Que te dire d'autre ? Le temps est toujours sombre et pluvieux. On a tous passé le mois dernier avec un rhume. Comment est-ce, là où tu es ? Je sais que tu n'avais aucune envie d'y aller, mais au moins tu échappes à la grisaille de Portland.

Ton père qui t'aime

P.-S. Je vais prendre une photo de Billy en train de tenir une baguette de tambour et te l'envoyer !

Cher papa,

Je suis certaine que Thanksgiving sera formidable cette année. Nous serons toutes dans nos chambres douillettes, et, autour d'un repas maison, nous évoquerons notre reconnaissance pour la surveillance constante, le travail forcé, les insultes et l'espionnage qui sont notre lot quotidien. Ensuite, nous nous goinfrerons de tarte au potiron et nous regarderons le film La vie est belle *à la télé. Et le lendemain, nous irons acheter nos cadeaux au centre commercial.*

Tu es là, papa ? Pour toi, c'est moi qui hallucine, je sais, mais dans quel genre d'endroit crois-tu m'avoir envoyée ? Je ne suis pas censée te dire à quel point Red Rock est abominable et de toute façon tu ne me croirais pas.

N'empêche que je ne comprends toujours pas ce que je fais ici. L'équipe éducative semble persuadée qu'après l'histoire de maman, le traumatisme a fait de moi une espèce de sauvage, une fille mauvaise, mais toi et moi nous savons que ce n'est pas vrai. Je crois que si je suis ici, ce n'est ni à cause de toi ni à cause de moi, mais à cause de ta femme. Elle veut une famille de trois, pas de quatre, c'est clair. Et elle a réussi à te laver le cerveau pour que tu penses comme elle.

Quant à maman, ça fait trois ans que je suis confrontée au problème, et ce n'est pas parce que je n'ai aucune envie de pleurnicher devant une toubib aussi chaleureuse qu'un glaçon (qui, soit dit en passant, n'est même pas psy – as-tu seulement pris la peine de vérifier ses qualifications ?) que je suis dans le déni. Qu'est-ce que je devrais faire ? Porter un badge disant « Hello, je m'appelle Brit et ma mère est une schizo » ? Pourtant, c'est ce qu'on appelle faire des progrès dans cette boîte.

Je préfère ne pas trop penser à ce qui m'a conduite ici, parce que sinon je me dis que tu m'as trahie et c'est pire que tout pour moi. Est-ce que grand-mère sait où tu m'as envoyée ? Je suis sûre qu'elle serait furieuse, mais elle n'a jamais pu te faire changer d'avis.

Tu devrais venir. Peut-être que si tu voyais de près à quoi ressemble cet endroit, tu reviendrais sur ta décision, ou devrais-je dire sa décision – à elle ?

Brit

P.-S. Si mes notes sont meilleures, c'est qu'il s'agit de cours de rattrapage. Même Billy obtiendrait 20/20 ici.

P.-P.-S. J'échangerais un jour ensoleillé dans ce trou à rats contre une année pluvieuse à Portland.

« Je constate que tu n'as pas écrit à tes parents », m'a dit Clayton en tapotant son stylo-bille sur son bloc, un geste destiné à nous faire sentir le pouvoir qu'elle détenait avec ce petit objet. « Tu peux m'expliquer pourquoi ? La plupart des étudiantes sont ravies d'avoir l'autorisation de communiquer avec leur famille quand elles arrivent au niveau quatre. Et à la période de Noël, l'habitude est d'envoyer des cartes. »

C'était exact. À Red Rock, on imprimait même des cartes représentant un groupe de pensionnaires souriantes déguisées en Père Noël, pour que nous puissions les adresser à nos familles. De la pure propagande.

J'avais rédigé plusieurs versions de la lettre à mon père, mais je les avais finalement toutes déchirées et enfouies dans la carrière, notamment parce que les courriers envoyés risquaient d'être ouverts et leur contenu utilisé contre nous en thérapie. Clayton se comportait déjà comme si elle me connaissait mieux que moi-même, et son air d'autosatisfaction me donnait envie de tout casser dans la pièce. Pas question que je la laisse lire cette lettre. D'un autre côté, j'étais incapable d'écrire à papa des trucs neutres, comme si de rien n'était.

En deux mois à Red Rock, j'avais eu largement le temps de réfléchir. Trop, sans doute. Je n'arrêtais pas de penser à Jed. C'était la seule chose qui me faisait du bien. Mais le reste du temps, je pensais à ma mère, à mon père, à moi et aussi, hélas ! au Monstre. Et je constatais à quel point papa avait changé. J'étais obligée d'admettre qu'il avait accepté de suivre son plan à elle et de m'envoyer loin de la maison. Si l'on m'avait dit, cinq ans plus tôt, que mon gentil papa expédierait sa fille dans un camp de redressement, j'aurais répondu qu'il n'aurait fait ça pour rien au monde, même avec un revolver braqué sur la tempe.

« Alors pourquoi l'a-t-il fait ? » m'a demandé V. Les Sœurs contre Tous avaient pris l'habitude de se réunir une fois par semaine dans le bureau vide pour une séance de *vraie* psychothérapie. C'était la seule fois où nous pouvions évoquer ce qui nous préoccupait. J'avais donc exposé au groupe ma théorie selon laquelle le Monstre n'avait pas agi seule.

« Je ne sais pas, ai-je répondu à V. Lui, c'est la crème des hommes et elle, une casse-couilles de première.

— Mais enfin, tu es sa fille, a argumenté Babe. S'il ne voulait pas t'envoyer dans cette boîte, il pouvait toujours élever la voix.

— Peut-être que lui non plus ne veut pas m'avoir dans les jambes.

— Impossible ! » s'est exclamée Martha.

V a pris un air étonné, Babe a plissé les yeux et Cassie a gloussé.

« Quoi ? a fait Martha.

— Voyons, c'est évident, mon chou. Elle ne serait pas ici si papa ne voulait pas. » Babe s'est tournée vers moi. « À part le trouble oppositionnel avec provocation qu'on doit retrouver à peu près chez tous les ados de seize ans, tu es aussi saine d'esprit que n'importe qui, Brit. Donc, question : pourquoi papa s'est-il débarrassé de toi ?

— Peut-être que… » Je n'ai pas terminé ma phrase.

« Peut-être que quoi ? a demandé V.

— Peut-être tout simplement que je lui rappelle… ce qui est arrivé à maman. » Au moment même où ces mots sont sortis de ma bouche, j'ai su que c'était la vérité. Les Sœurs savaient que ma mère était devenue schizophrène, puis avait disparu, mais je leur avais épargné la saga : l'année épouvantable pendant laquelle sa personnalité avait changé, la succession de consultations chez des psychiatres, papa qui la suppliait en vain d'accepter un traitement chimique, voire les électrochocs, et qui devait décider de la faire interner ou non, un terrible cas de conscience pour lui. Je ne leur avais pas parlé de la dernière fois où nous l'avions vue, traînant au fond d'une librairie. Elle ressemblait à l'une de ces sans-abri qu'on rencontre un peu partout à Portland et elle n'avait même pas eu l'air de me reconnaître. Je n'avais pas non plus raconté à mes amies que par la suite papa s'était peu à peu éloigné de moi.

Cassie m'a regardée avec insistance. « Ne nous as-tu pas dit que tu ressemblais beaucoup à ta mère ?

— Eh bien, le mystère est résolu, a décrété Babe avec un grand geste de la main. Et crois-moi, je compatis, Brit. Car je suis certaine que ma propre ressemblance avec le mari numéro trois – mon père, en principe – joue contre moi dans mes relations avec ma mère. Après tout, c'est le seul type qui l'a laissée tomber.

— Je t'assure, Babe, tu es le portrait de ta mère ! a protesté Martha. J'adorais regarder le feuilleton *Amants et Étrangers*. Marguerite Howarth était la meilleure. Mais si Brit rappelle douloureusement sa mère à son père, on peut comprendre qu'il ait laissé le Monstre la mettre ici. »

V a hoché la tête. « Je ne sais que penser, Brit. Dans ton cas, on ne se trouve pas devant une histoire classique de Cendrillon. Le père de Cendrillon était mort, ce qui explique sa situation vis-à-vis de sa marâtre, mais le tien est toujours de ce monde et la comparaison ne tient pas vraiment. »

Je me suis dit que les Sœurs n'avaient raison qu'à moitié. Papa m'avait sans doute envoyée ici parce que je lui rappelais maman, mais après quelques séances avec Clayton, je me demandais si son motif n'était pas pire encore. Et s'il s'était dit que j'allais *finir* comme elle ?

Clayton a continué à me questionner sur mon manque d'enthousiasme pour écrire. J'ai répondu systématiquement que la correspondance n'était pas mon fort et que sans doute l'école envoyait à papa de nombreux comptes rendus sur moi. « Il a l'air très content de mes notes et parle de me rendre visite, ai-je expliqué. À ce moment-là, je lui raconterai tout. Mais j'adore recevoir ses lettres. » Elle m'a lancé un regard perçant. Je n'étais pas certaine qu'elle soit dupe de mon ton guilleret. Bien sûr, elle m'avait permis de passer au niveau quatre, mais V avait l'explication : comme l'assurance santé ne couvrait les frais de mon séjour que pendant trois mois, la direction de Red Rock avait tout intérêt à accélérer le processus, car je ne faisais pas partie des filles fortunées dont les parents pouvaient payer pendant longtemps.

Malgré tout, je ne mentais pas *vraiment* en disant que j'avais hâte de lire les lettres de mon père. En novembre, par l'intermédiaire d'une pensionnaire prénommée Annemarie, j'avais réussi à faire sortir une lettre adressée à Jed, quelques lignes pour dire que je pensais au groupe, expliquer ma situation et demander des nouvelles de tout le monde. Je préférais ne pas donner beaucoup de détails sur Red Rock, parce que je me sentais gênée. J'avais ajouté un bref résumé du mode d'emploi du code, au cas où ils auraient voulu me répondre. Je ne tenais pas à ce que Jed se sente obligé de le faire. Je ne voulais pas de sa pitié. Mais lorsque j'ai reçu mon premier courrier après Thanksgiving, j'ai su qu'il venait de lui. Il avait une vieille machine à écrire Underwood qu'il adorait et il s'en était même servi pour taper l'adresse sur l'enveloppe.

Jed avait parfaitement compris l'histoire des phrases codées, ce qui ne m'étonnait pas, car les auteurs de chansons écrivent ainsi, en quelque sorte. Sa lettre parlait abondamment de mon « oncle Claude », violoniste dans un orchestre de chambre. Claude était souffrant, et l'orchestre avait dû jouer sans lui, ce qui n'était pas bon pour la musique. Il ajoutait que le ciel de Portland était encore plus gris que d'ordinaire. C'était peut-être une simple constatation, compte tenu du climat de l'Oregon, mais il terminait sa lettre en disant que l'hiver était si long et si sombre qu'il attendait avec impatience le retour de l'été et des lucioles. Ce qui, bien sûr, a fait battre mon cœur à tout rompre.

10.

Tous les quinze jours, avant que le temps ne se dégrade, les filles des niveaux trois et quatre étaient forcées de participer à une randonnée d'une quinzaine de kilomètres dans les collines. Le Shérif appelait ces expéditions de la « psychothérapie en plein air ».

« Psychothérapie en plein air, mes fesses ! s'est exclamée Babe, haletant sous l'effort. C'est marche ou crève, oui. »

Martha a poussé un gémissement. « J'ai horreur de ces sorties. Je croyais pourtant qu'elles n'avaient plus lieu en hiver ?

— C'est seulement quand la neige tombe, mon chou. Et cette année, elle est tardive, pauvres de nous. Seigneur, il fait chaud pour un mois de décembre. Je suis déjà en nage, pouah ! » Babe a vérifié sa gourde. « J'ignore combien d'eau il me reste. » Nous n'avions droit qu'à une gourde d'eau, quelques barres de céréales et une pomme.

« C'est pour perdre nos kilos en trop, a expliqué Martha.

— Non, c'est parce que souffrir forge le caractère. Si on a vraiment faim, on est censées se débrouiller pour

71

trouver dans la nature quelque chose à se mettre sous la dent.

— Et si on mange un champignon vénéneux ?

— Avec un peu de chance, a dit Babe, on peut tomber sur un champignon magique. »

Je suis intervenue. « Voyons, on est dans le désert ! On ne risque pas de trouver des champignons par ici. Il faudra se contenter de cactus.

— Génial ! a plaisanté Babe.

— Hé, vous trois ! » La fille qui nous interpellait s'appelait Missy. C'était l'une des pensionnaires de Red Rock les plus sérieuses et elle avait atteint le niveau quatre en à peine plus d'une semaine. « Le Shérif vous fait dire qu'on doit maintenir la cadence et cesser de bavarder.

— Oui, madame ! » a répondu Babe d'un ton sarcastique. Quand Missy est repartie en tête de la petite troupe, elle a hoché la tête en murmurant d'un air faussement navré : « Syndrome de Stockholm. Beaucoup de filles en sont victimes. Elles en viennent à aimer leurs ravisseurs.

— Elles font tout simplement de la lèche pour sortir d'ici, ai-je dit.

— Au début, peut-être, mais ensuite, elles se prennent au jeu. Peut-être même qu'elles aiment ces foutues randonnées. Bon sang, combien de kilomètres il va falloir encore se taper ? »

Tout en maugréant, Babe a continué à escalader la colline. L'exercice était à sa portée, car elle s'était suffisamment entraînée en faisant du *step*. Je n'avais pas non plus de difficulté à suivre le rythme. À Portland, je faisais pas mal de vélo et autrefois, avec papa et maman, nous marchions longuement dans Forest Park. Maintenant, le Monstre, bien sûr, préférait passer les week-ends au centre commercial. Secrètement, j'appréciais cette pénible randonnée, dans la mesure où je savais qu'elle l'aurait détestée.

Martha, en revanche, ne s'en sortait pas bien. Elle gémissait, la respiration sifflante. « Je n'arrive pas à respirer. Je n'y arriverai jamais ! »

Babe l'a attendue. « Tu dis toujours ça et pourtant tu y arrives. »

Je l'ai encouragée à mon tour. « Mets juste un pied devant l'autre, Martha.

— Mais j'ai horriblement mal aux pieds !

— N'y pense pas. Regarde juste le paysage. » Et c'est vrai que le décor de roche et d'argile rouges hérissé d'étranges rochers en forme de cercueil était extraordinaire. On se serait cru sur Mars.

« Je me fiche du paysage. Je voudrais être ailleurs. En train d'aller pique-niquer dans un parc du côté de chez moi, dans l'Ohio.

— Un pique-nique, super ! s'est exclamée Babe. Rêvons un peu. Qu'est-ce que tu as dans ton panier ?

— Eh bien, il y a, euh… Les sandwichs au poulet de ma mère. Oui, c'est ça. Elle les prépare comme personne. Avec de la salade et presque pas de mayo.

— Quoi d'autre ? ai-je demandé, ravie de la distraire.

— Une salade de pommes de terre bien assaisonnée. Des carottes râpées. De la pastèque. Et de la citronnade maison.

— Et comme dessert ? » Je commençais à saliver.

« Je… euh… je peux en avoir deux, même si ce n'est pas bon pour la ligne ?

— Bien sûr, a répondu Babe. C'est ton pique-nique, mon chou.

— Alors, du gâteau au chocolat hyper-moelleux. Et des tartelettes aux fraises sucrées et parfumées. Avec de la crème Chantilly dessus. »

J'ai protesté. « Arrête, Martha ! C'est un vrai supplice !

— Tu as raison, Brit. Maintenant, j'ai encore plus faim qu'avant. » N'empêche qu'elle était presque arrivée au sommet. Quand on s'est assises pour manger notre pomme et nos barres de céréales, on a essayé de faire comme si c'était le pique-nique de Martha. Et ça a presque marché.

Les premières chutes de neige sont arrivées deux semaines plus tard. « Enfin ! s'est exclamée Martha en regardant tomber les flocons. La psychothérapie en plein air est terminée ! »

J'aurais bien aimé que la thérapie confrontationnelle soit terminée pour la saison, elle aussi. J'avais fini par redouter ces séances quasiment autant que mes entretiens avec Clayton. Pendant les premiers mois, j'étais presque parvenue à passer entre les gouttes. Je n'avais été mise sur le gril de la TC qu'une fois par le Shérif. Mais après Thanksgiving, fini la tranquillité. C'était à croire que j'étais devenue son cobaye favori. Je me suis retrouvée au centre du cercle deux fois en une semaine et j'ai réussi à ne pas pleurer, même quand les filles ont évoqué ma mère. Certaines des « victimes du syndrome de Stockholm » commençaient à s'acharner sur moi. Elles n'arrêtaient pas de me faire remarquer que je ne suivais pas mon programme. Comme si ça les regardait !

En plus, maintenant que le temps avait changé, les éducatrices allaient et venaient dans la cour pour se réchauffer et nous ne pouvions plus bavarder comme avant. Nous étions aussi séparées plus souvent et contrôlées à tout bout de champ. Quand il faisait chaud, nous pouvions aller aux toilettes une fois par heure parce que nous buvions beaucoup, mais maintenant qu'il faisait froid, c'était en principe toutes les deux heures. Un jour, l'un des vigiles m'a refusé une permission exceptionnelle. « Tu peux t'exercer à te retenir », m'a-t-il dit. Comme ma vessie était prête à éclater, j'ai attendu qu'il passe et je me suis accroupie derrière un rocher.

Jenny, une tarée du niveau quatre, m'a surprise. Elle s'est mise à hurler. « Mais c'est dégoûtant ! Elle fait *par terre !* »

À l'entendre, on aurait pu croire que j'urinais sur quelqu'un. Je me suis retrouvée dans le bureau de Clayton.

« Tes provocations permanentes commencent à lasser, m'a-t-elle dit d'un ton glacial.

— Ce n'est pas moi qui provoque, mais *ma vessie*. Elle a une certaine autonomie, vous savez. »

Il y avait une note d'insolence dans ma remarque et elle est devenue rouge de colère. « Je croyais t'avoir demandé de te tenir à l'écart de Virginia Larson. »

J'ai pris mon air le plus innocent. « Qu'est-ce que V a à voir avec ma vessie ?

— Ce genre d'insubordination porte sa marque. »

Cela m'a rendue furieuse et je suis devenue écarlate à mon tour. « J'ai ma propre personnalité, docteur Clayton, même si tous, ici, vous tenez à la changer. Je n'ai besoin de personne pour être insubordonnée.

— C'est ce que je vois, Brit. Et crois-moi, nous travaillons là-dessus. »

Je m'attendais à être rétrogradée illico au niveau trois, mais Clayton avait d'autres projets pour moi. Les vraies rebelles de Red Rock étaient envoyées dans une sorte de mitard, une minuscule cabane proche de la carrière. Le sol était en terre battue et il n'y avait pratiquement rien à l'intérieur. Pendant trois jours, au lieu de travailler à la construction d'un mur, j'ai dû rester là, assise sur le sol sans bouger, sans parler, sans manger et sans uriner pendant quatre heures d'affilée. Je sais qu'il s'agissait d'une forme de torture, mais en fait, à part mes pieds froids et mon postérieur endolori, la solitude ne m'a pas pesé, bien au contraire. J'ai même éprouvé une sorte de triomphe. On ne me brise pas comme ça.

Mais Clayton n'allait pas me lâcher aussi facilement. Quelques jours plus tard, au réfectoire, j'ai voulu m'asseoir à côté de V au petit déjeuner. V a fait « non » de la tête. Tout d'abord, j'ai cru qu'elle recommençait à jouer au Dr Jekyll et Mr Hyde, mais plus tard, dans la carrière, on nous a tout de suite séparées et je me suis dit qu'un mauvais coup se préparait. Dans la soirée, Babe m'a fourni l'explication. V avait été appelée dans le bureau de Clayton, qui lui avait passé un savon à cause de la mauvaise influence qu'elle exerçait non seulement sur moi, mais aussi sur Babe et Martha. Elle s'était retrouvée dépouillée d'une grande partie de l'autorité qu'avaient les niveaux six et avait dû choisir entre nous laisser tranquilles ou redescendre au niveau cinq.

« La fête est finie, mes chéries, a murmuré Babe depuis son lit.

— Quelle fête ? a demandé Tiffany. Vous allez en donner une, vous autres ? Si vous me cassez les pieds, je vous préviens que je vous dénonce.

— Il n'y aura aucune fête et, si tel était le cas, je peux te dire que tu ne serais pas invitée, de toute façon », a répliqué vertement Babe. Et je me suis réjouie d'appartenir à son cercle, car elle avait parfois la dent dure.

C'en était donc fini des Sœurs contre Tous, du moins vis-à-vis de l'extérieur. Nous allions devoir faire profil bas et garder notre amitié plus secrète que jamais. C'était lamentable. Quel était cet endroit où, au nom de la thérapie, on décidait de vous priver d'amitié et du moindre moment agréable, et où l'on préférait vous voir solitaire, triste et misérable ?

11.

Noël approchait, mais aucune d'entre nous n'avait l'esprit à ça. Il y avait eu la mise en sommeil des Sœurs contre Tous. Ensuite, on aurait dit que l'approche des fêtes, loin de mettre un peu de gaieté dans le cœur des membres du personnel de Red Rock, les rendait encore plus désagréables. Sans doute craignaient-ils que la joie de Noël ne réduise à néant tous leurs efforts pour nous pourrir la vie. Ils se sont contentés de nous faire décorer les couloirs, un point c'est tout. Il n'y a eu aucune interruption dans notre programme. Pas de sapin, pas de fête.

Cet anti-Noël m'a fait penser au Noël précédent. Le lendemain, le groupe Clod avait joué à guichets fermés à l'X-Ray et, après le concert, nous avions marché jusqu'au bord du fleuve. Là, nous nous étions offert des cadeaux : j'avais déniché un briquet à l'effigie des Ramones pour Erik, un sac perlé pour Denise et, pour Jed, une édition en bande dessinée du livre de Jim Thompson, *1 275 âmes*. Jed avait été si heureux de son présent qu'il m'avait embrassée, quelque part entre la bouche et la joue, et j'étais restée ensuite pendant des heures sur un petit nuage. Plus tard, alors que je commençais à frissonner dans le froid, il m'avait attirée à lui pour me réchauffer. C'était probablement un geste purement amical, mais j'avais fondu et j'avais eu envie de rester là, entre ses bras, indéfiniment.

Cette année, il n'y aurait rien de tout cela. Seules les filles des niveaux cinq et six pouvaient recevoir des présents de leur famille. Les autres n'avaient droit qu'à des cartes. Nous offrir des cadeaux entre nous ? Interdit. D'ailleurs, nous n'avions rien : on nous avait refusé l'autorisation d'aller faire des achats en ville.

C'est V qui a eu l'idée d'échanger des présents malgré tout. « Bien sûr, on ne va pas pouvoir s'offrir des cadeaux traditionnels », a-t-elle déclaré une semaine avant Noël. Elle s'était débrouillée pour se placer derrière Babe et moi dans la queue au réfectoire. « Si c'était possible, je vous offrirais à toutes des socquettes en cachemire ! Essayons quand même d'avoir des idées. J'en parle à Cassie. Vous, vous prévenez Martha. Et si la route est libre, on file discrétos au point de rencontre habituel au moment du réveillon et on se fait une petite fête perso. »

En l'entendant, j'ai su ce que j'allais lui offrir, et, grâce à Clayton, je m'y étais déjà attelée. Pendant les heures où j'avais été punie dans leur fichue cabane, j'y avais réfléchi et le temps avait passé plus vite. J'étais excitée à l'idée de partager mon projet avec les Sœurs, mais un peu inquiète, aussi : et si elles ne l'aimaient pas ? Il me tardait également de savoir ce qu'elles me réservaient. Curiosité, impatience, excitation : je me retrouvais dans l'état d'esprit d'un enfant à la veille de Noël.

*

* *

« Bon, mes chéries, ce n'est pas comme si on était dans un Spa aux Seychelles, mais ça devrait faire l'affaire », a dit Babe en étalant devant nous quelques échantillons de produits de beauté. Nous étions dans le bureau vide qui nous servait de point de rencontre. V avait craint que la nuit du réveillon ne soit un moment mal choisi pour se retrouver, mais la moitié du personnel était de sortie et le reste devait être en train de se soûler.

Babe a poussé des petits flacons de lait au concombre de chez Kiehl vers Martha en disant : « Je crois que tu aimes cette marque, mon chou. » Puis elle s'est tournée vers moi et m'a remis un ravissant gloss. « Pour toi, Brit, une touche sexy. » Elle a continué la distribution en tendant une crème capillaire à V. « Tes cheveux ont besoin d'un peu de peps, comme nous », a-t-elle dit avec un petit rire. Son dernier cadeau était pour Cassie. « Tiens, Cassie, voici de l'huile essentielle de lavande. C'est du sent bon, mais pas trop fille, je sais que tu n'aimes pas ça. »

Martha a ouvert de grands yeux. « Mais où t'es-tu procurée tous ces trucs, Babe ?

— N'oublie pas que ma mère passe ses journées entre les instituts de beauté et les Spa, où on lui donne ces babioles. Depuis que je suis au niveau quatre, elle me les envoie. Donc, joyeux Noël en beauté, mes amies.

— Merci pour ces somptueux cadeaux, Babe, a dit Cassie. À côté, le mien fait minable. » Elle a sorti de sa poche une double barre chocolatée. On s'est toutes regardées, l'eau à la bouche.

« D'où ça vient ? a demandé V.

— Mes parents me l'ont apportée.

— Mais ils t'ont rendu visite il y a plusieurs mois déjà !

— En septembre. Elle doit être encore bonne, non ? Le chocolat ne se périme pas. »

J'ai approuvé d'un signe de tête. « Même si elle datait de l'Antiquité, je crois qu'on lui ferait un sort ! Ce qui m'étonne, Cassie, c'est que tu aies eu le courage de la garder pendant plusieurs mois sans y toucher. Moi, je me serais jetée dessus tout de suite !

— Je voulais la garder pour une occasion particulière… comme maintenant.

— C'est vraiment touchant ! s'est exclamée Babe.

— On peut la manger tout de suite ? » a demandé Martha, les yeux brillants de convoitise.

Cassie a ôté le papier autour de la barre chocolatée, dont l'enivrant arôme cacaoté nous est aussitôt monté aux narines. Elle l'a fait circuler entre nous et chacune en a pris un morceau.

« Hum, divin ! » a murmuré V. Elle s'est tue quelques instants, savourant une petite bouchée de la friandise, puis s'est tournée vers Martha. « À toi, maintenant.

— Mes cadeaux sont idiots, a dit Martha sur un ton d'excuse. Je ne savais pas trop quoi vous offrir et…

— Arrête de te dévaloriser ! a ordonné Babe.

— Elle a raison, ai-je approuvé. Je suis sûre que nous allons adorer.

— Vous allez voir, ce n'est pas très bon. Je n'avais pas de fusains ou de peinture et j'ai dû me contenter de crayons de couleur. » Elle a sorti de sa poche quatre morceaux de carton de la taille d'une carte postale. Sur chacun, elle avait fait le portrait de l'une d'entre nous. Elle dessinait très bien. Nous étions toutes représentées en super-héroïnes. Brandissant une guitare comme une arme, j'arborais une crinière flamboyante. Babe ressemblait à une star des années trente, une baguette magique à la main. V était une sorte d'Amazone géante qui dominait le monde de sa haute taille et s'apprêtait à écraser sous le talon aiguille de sa botte un bâtiment dont l'aspect n'était pas sans rappeler Red Rock. Sous son T-shirt portant la mention « Touchez pas au Texas », Cassie arborait une musculature impressionnante et jonglait avec des briques. Nous portions toutes une cape, et au bas de chaque carte, Martha avait inscrit : « Sœurs contre Tous : les Super-héroïnes ».

« C'est parce que vous êtes mes héroïnes », a-t-elle commenté.

Il y a eu un silence ému, puis Babe a repris la parole. « On ne te savait pas aussi douée, mon chou, a-t-elle déclaré.

— C'est superbe », a ajouté Cassie.

Martha a rosi. « Vous trouvez ? »

Je l'ai embrassée. « Oui, Martha, mille fois merci.

— Levons ce qui reste de la barre de chocolat à ton talent », a lancé V, avant d'ajouter : « C'est à mon tour, mais vous trois, vous vous êtes surpassées. Mon cadeau ne va pas être à la hauteur.

— Arrête, V, ai-je dit. Tu n'avais pas besoin de nous offrir quoi que ce soit. C'est grâce à toi que nous sommes ici et ça, c'est le plus beau des cadeaux. »

V a pris un air étonné. « Erreur, Brit, chacune d'entre nous est ici grâce aux autres et pour les autres.

— Bel exemple de fausse modestie ! Tu sais bien que c'est toi qui donnes les bons conseils, qui nous apprends à contourner le règlement, bref, qui nous aides à supporter cet endroit merdique.

— C'est gentil de dire ça, Cendrillonnette, et c'est pile-poil dans la ligne de mon cadeau. Figurez-vous

que la dernière fois que je suis allée en ville, j'ai rencontré deux femmes au cinéma. Elles ont été
éducatrices ici, mais, contrairement aux autres, elles
ont une conscience. La première s'est fait virer pour
avoir critiqué la façon dont on nous traite, ce qui a pro-
voqué la démission de la seconde. Elles vivent à Saint
George et elles détestent Red Rock autant que nous. »

Nous étions suspendues à ses lèvres. Elle a marqué
une pause avant de poursuivre : « Elles m'ont dit que si
je voulais faire le mur ou entrer en contact avec
quelqu'un de l'extérieur, elles m'aideraient volontiers.
Donc, je vous offre la promesse d'organiser une sortie
en douce pour chacune d'entre vous. C'est sérieux, je
m'y engage vraiment.

— Trop dangereux, V », a dit Martha.

V a haussé les épaules. « J'aime vivre sur le fil du rasoir.

— Y a pas à dire, t'as des couilles, sœurette ! » s'est
exclamée Cassie.

Babe s'est mise à rire. « Je suppose que, venant de
toi, elle doit le prendre comme un compliment, Cassie
chou.

— Oh, la ferme, Babe ! »

Tout le monde s'est alors tourné vers moi et je me
suis sentie plus nerveuse que le jour de mon premier
concert. J'ai pris une profonde inspiration et je me suis
lancée.

« Je vais faire appel à votre imagination, mes amies.
Représentez-vous deux guitares acoustiques, qui se
répondent, comme Nirvana "Unplugged". *Sol, ré, la*
mineur, un peu comme ça. » Je me suis mise à fredonner.

« Tu as composé une chanson pour nous ? » a
demandé V. J'ai répondu par un signe de tête affirmatif
et elle m'a souri, de ce sourire désarmant qui lui est
propre.

« Donc, ça donne ça. Ensuite, on ajoute la basse et la batterie.

— Tu sais, il suffit que tu chantes, Brit », a dit V.

Et c'est ce que j'ai fait.

Déguisés en gens ordinaires
Des monstres vivent près de nous
Ni griffes, ni crocs, aucun repère
Pourtant ils sont présents, c'est tout.

Nous pourrions être sans défense
Face à ces brutes sans conscience
Mais ensemble on peut les faire fuir
Il suffit toi, moi, nous, de se soutenir.

Oui, ton corps est beau tel qu'il est
Et tes amours ne regardent que toi
Si vie et mort sont dans nos pensées
Pour les chanter la poésie est là.

Le monstre est fort, il faut le savoir
Il joue sur la peur, isole dans le noir
Mais ensemble on peut le faire fuir
Il suffit toi, moi, nous, de se soutenir.

Aux heures les plus sombres
Quand tu te sens découragée
Que tu pleures dans l'ombre
Que t'en as marre de lutter
Que t'es prête à rendre les armes
Derrière toi jette un coup d'œil
Et aussitôt sèche tes larmes
Car je suis là pour toi, et je veille.

C'est ainsi que nous avons fini le premier réveillon de Noël du Club Fermé des Fêlées : en nous étreignant mutuellement, les yeux embués. Nous avons levé nos coupes de champagne virtuelles et chanté : « Car je suis là pour toi, et je veille », formule qui, d'après V, allait devenir notre leitmotiv.

Le lendemain, jour de Noël, nous avons eu droit à la distribution des cartes envoyées par nos proches. Pour ma part, j'en avais trois, dont une de ma grand-mère. Les deux autres venaient de mon père. La première, signée de toute la famille, représentait des rennes assis autour d'un énorme sucre d'orge. Sur la seconde, un Père Noël vêtu en motard chevauchant une Harley Davidson, une main avait simplement écrit : « Un peu de joie, petite Luciole. » À la fin de la journée, je me suis dit que si ce Noël était l'un des pires de ma vie, il était aussi, curieusement, l'un des meilleurs.

12.

« D'après toi, Brit, pourquoi ton père t'a-t-il envoyée ici ? » m'a demandé Clayton. On était à la mi-janvier. Le ciel était blanc et des rafales de vent glacé secouaient le bâtiment. L'atmosphère était franchement sinistre.

« Parce que ma belle-mère ne voulait pas m'avoir dans les pattes.

— Tu ne crois pas que cette excuse est un peu facile ? La vie n'est pas un conte de fées. » C'était ce que m'avaient dit les Sœurs, mais je n'avais pas envie d'en discuter avec Clayton. Avec elle, ça pouvait durer des heures. Le Shérif et la plupart des membres du personnel de Red Rock étaient capables de se montrer rudes et cassants, mais ils n'avaient pas la patience de creuser le sujet. Clayton, au contraire, semblait prendre mon refus de suivre son programme comme un affront personnel. Quand j'arrivais dans son petit bureau humide, elle faisait tout un cirque. Elle feuilletait mon dossier, les lèvres pincées pour exprimer son désaccord, et elle prononçait des phrases du genre : « Tu estimes peut-être que ton attitude de défi est quelque chose dont tu peux être fière. Eh bien, pas du tout. Cela montre simplement que tu es dans le déni. » Et bla, bla, bla. Impossible de l'arrêter. Comme elle n'était pas sotte, elle savait toucher les points sensibles. Après quelques mois sans progression de ma part, elle a commencé à frapper fort.

« Ton père ne t'aurait pas mise ici s'il n'avait pas voulu que tu te fasses aider.

— Vous me l'avez déjà dit.

— Pourquoi ne me parles-tu pas de ta mère ?

— Mon père a déjà dû vous raconter toute l'histoire, docteur Clayton. De plus, en ce qui concerne ma mère, j'ai déjà pas mal réfléchi. J'ai eu trois ans pour le faire et ça ne changera rien si j'en parle avec vous. »

Elle a hoché la tête et poussé un long soupir. « Tu en veux à ton père de t'avoir placée ici ?

— Non, je déborde de reconnaissance. J'adore. » Elle a gribouillé quelques notes dans son carnet.

Les sarcasmes n'étaient pas son truc. « Tu ne me fais pas confiance, n'est-ce pas ? » m'a-t-elle demandé.

Pour toute réponse, j'ai haussé les épaules.

« Pourquoi donc ? »

La question me déstabilisait toujours. En dépit de leurs vacheries, les membres de l'équipe éducative de Red Rock étaient tout le temps en train de demander pourquoi on ne leur faisait pas confiance. Cette fois, c'est sorti d'un coup. J'ai regardé Clayton droit dans les yeux et j'ai déclaré : « Parce que ce n'est pas comme si je venais vous voir de mon propre gré pour que vous m'aidiez à calmer mes angoisses. Ce que tout le monde veut à Red Rock, vous la première, c'est me transformer en une espèce d'automate obéissant, qui ne s'opposerait jamais à sa belle-mère, approuverait tout ce que dit son père, et ne ferait jamais rien de "rebelle", du genre se teindre les cheveux et jouer dans un groupe. Ce que vous n'avez pas pigé et que mon père semble avoir oublié, c'est que je n'ai rien d'une rebelle. J'ai simplement été élevée ainsi. »

J'ai repris mon souffle avant de continuer : « Ma mère me disait : "Suis ta propre voie sans te préoccuper du reste." C'était son credo. Je n'ai pas dévié. Ce sont les autres qui ont changé de trajectoire. Voilà pourquoi je suis ici. »

Je m'attendais à ce que Clayton manifeste un quelconque sentiment, ne serait-ce que du dépit, mais, à en juger par son air blasé, j'aurais tout aussi bien pu lui parler en swahili.

Je me suis appuyée au dossier de ma chaise, soudain épuisée. Je comprenais pourquoi papa avait divorcé de maman, car, d'après les médecins, elle ne redeviendrait jamais comme avant. Elle existait encore quelque part, mais c'était un peu comme si elle était morte et, dans ce cas, je n'aurais pas voulu que papa passe le reste de son existence à la pleurer. Et pourtant, une partie de moi-même se demandait comment il pouvait continuer à vivre sans elle.

« Pourquoi ta mère n'a-t-elle pas été internée ? » a interrogé Clayton.

À nouveau, j'ai haussé les épaules. Papa était la seule personne légalement habilitée à demander son internement et il n'en avait pas eu le courage. Grand-mère le suppliait : « S'il vous plaît, c'est ma fille, ma petite fille », et mon père, les larmes aux yeux, répondait : « Je ne peux pas. » Il était tombé amoureux d'un esprit libre et il refusait de lui rogner les ailes. Il a pourtant suffi d'un battement de cils du Monstre pour qu'il me boucle ici, je sais. Mais je n'avais pas l'intention d'aborder ce sujet avec Clayton. Ras le bol de l'« honnêteté ». Ras le bol de Clayton. J'avais besoin de mettre de la distance entre elle et moi. À n'importe quel prix.

« Si mon père vous intéresse tant, vous pourriez le psychanalyser. Ah ! c'est vrai, j'oubliais, vous n'êtes pas réellement psy. Vous avez juste joué le rôle dans un feuilleton télé. »

Clayton a passé sa langue sur ses lèvres minces et refermé mon dossier d'un geste brusque. La séance ne se terminait que dans un quart d'heure, mais elle s'est levée. Ma petite provocation avait marché. Elle me coûtait aussi un niveau. « Je te rétrograde en niveau trois. Tu me déçois, Brit, tu me déçois beaucoup. » Elle m'a lancé son regard le plus désapprobateur. Visiblement, elle cherchait à deviner à quel point j'étais touchée. Je m'en fichais. Niveau quatre, niveau trois, quelle importance ? La différence, c'était que je ne pourrais pas me maquiller, ce que je ne faisais de toute façon pas. Je n'aurais pas non plus le droit de parler au téléphone, et ce n'était pas plus mal, parce que les cinq minutes hebdomadaires avec papa au bout du fil étaient plutôt pénibles. Nous ne savions pas quoi nous dire et la plupart du temps, papa demandait à Billy de venir babiller dans l'appareil pour rompre le silence.

Maintenant que j'avais franchi le cap des trois mois, j'étais certaine de ne pas sortir de sitôt de Red Rock. Je me suis levée, mais, avant que j'aie atteint la porte, Clayton m'a porté l'estocade. « Un jour ou l'autre, tu devras parler de ta mère et de la façon dont ton caractère reflète le sien.

— Qu'est-ce que vous voulez dire ? » J'avais crié, incapable de me contenir plus longtemps. « Ma mère ne rentrait pas tard parce qu'elle jouait dans un groupe rock ou parce qu'elle n'aimait pas sa belle-mère ! Elle dormait dans les jardins publics et se cachait pour échapper à des assassins imaginaires. Elle était malade dans sa tête. Une maladie mentale, ce n'est pas une question de caractère. Et je ne parlerai jamais d'elle avec vous. Jamais ! »

Je me suis précipitée dans ma chambre, où je me suis effondrée sur mon lit en sanglotant. Je pleurais ma mère et tout ce que j'avais perdu. Je ne suis pas allée dîner et aucun membre de l'équipe éducative ne m'y a forcée. Pour eux, les larmes étaient une bonne chose.

*

* *

« Voyons, qu'est-ce qui se passe, mon chou ? » a demandé Babe. C'était après l'extinction des feux. J'avais la tête enfoncée dans mon oreiller trempé de larmes.

« Brit, tu me fais peur ! » s'est exclamée Martha.

Tiffany a couiné dans le noir. « Vous ne pourriez pas vous taire ? On va avoir des ennuis.

— En tout cas, j'en connais une qui va en avoir, des ennuis, si elle ne ferme pas sa gueule dans les cinq secondes, a craché Babe.

— Vous êtes vraiment des garces. Je vais tout raconter à Clayton.

— Si tu fais ça, tu regretteras d'être née », a sifflé Martha. C'était la première fois que je l'entendais proférer des menaces et le résultat était si peu convaincant que, dans d'autres circonstances, j'en aurais souri.

Tiffany a poussé un soupir exaspéré et s'est tue.

« Brit, dis-nous ce qui est arrivé », a répété Martha.

Mais j'étais incapable de raconter quoi que ce soit. Martha et Babe sont donc juste restées penchées au-dessus de mon lit, la première me caressant le bras, la seconde murmurant des « Ne pleure pas, mon ange » apaisants jusqu'à ce que je m'endorme.

13.

« Voici quelqu'un qui a besoin d'un peu de réconfort », a lancé V. Cassie, Babe, Martha et elle m'entouraient à l'heure du déjeuner. L'éprouvante séance avec Clayton avait eu lieu deux jours plus tôt et je ne m'en étais toujours pas remise.

« Hé, les filles, ne restez pas ici, ai-je dit. Sinon, on va le payer.

— Pour une fois, on peut vivre dangereusement », a répondu V en faisant signe aux autres de s'asseoir.

Toutes se sont installées en me regardant avec un air à la fois inquiet et préoccupé, ce qui était sympa, mais me donnait l'impression d'être un rat de laboratoire. Puis elles ont échangé un sourire.

Babe a pris la parole. « Cendrillon, j'ai une bonne nouvelle.

— Tu rentres chez toi ?

— Pas encore, mon chou, mais c'est gentil d'y penser. Non, cela te concerne, comme nous toutes, à vrai dire. Nous avons une marraine bonne fée. Assez inattendue, je l'avoue.

— Qui ça ?

— Ma mère. Figure-toi qu'elle va animer une émission de télé sur les Spa et les centres de soins

esthétiques. C'est fait pour elle. Or, il y a plusieurs ins-
tallations de ce genre dans la région. Paraît que l'argile
rouge a des propriétés miraculeuses. Maman va venir
les filmer. Et devine qui a gagné une journée au Spa ?

— Toi.

— Bien sûr, Brit. Mais aussi vous quatre.

— Impossible, ai-je objecté. Ils ne nous laisseront
jamais sortir, surtout maintenant qu'ils ont l'œil sur
nous. Sans compter que j'ai été rétrogradée, tu n'as pas
oublié ? »

Babe a plissé le nez. « Tu sous-estimes l'influence
de la célébrité, même de seconde zone. Ma chère
maman a promis de rencontrer l'équipe, qui en salive
d'avance, et notre Shérif en personne a demandé une
photo avec un autographe. Sur mes instructions,
maman a exigé votre présence et ils ne diront pas non.
Vous avez juste besoin de la permission des parents.

— Mes parents vont s'évanouir de bonheur ! s'est
exclamée Cassie. Rendez-vous compte, leur fille dans
un temple de la coquetterie féminine !

— Je n'aurai qu'à dire que je vais faire traiter ma
cellulite », a déclaré Martha.

Pour ma part, je ne voyais pas comment me joindre
à elles. « N'oubliez pas que je suis redescendue au
niveau trois. Pas de coups de fil. Et mon père est certainement furieux de voir que je progresse aussi
lentement.

— Ma mère arrive dans dix jours. Fends-toi de
quelques lignes émouvantes et termine en demandant
la permission d'y aller. Si la lettre part aujourd'hui, il
aura le temps de téléphoner pour donner son accord.

— Sauf si le Monstre lit la lettre avant. Mais même
si papa dit oui, Clayton va faire barrage.

— Clayton n'a pas le dernier mot dans ce genre d'affaires, mon chou. C'est le Shérif. Et il est raide dingue de ma mère.

— Entendu, je vais lui écrire. Peut-être que pour l'encourager je dirai que je cesse de me faire des mèches. » Ce n'était pas entièrement faux. Depuis mon arrivée à Red Rock, le rouge avait viré à l'orange sale et mes racines avaient poussé.

« À propos de cheveux, j'aurais besoin d'une bonne coupe », a dit V. Sa coiffure destructurée commençait en effet à manquer d'allure.

« Je me suis toujours demandé comment tu avais pu avoir un style aussi cool ici. Ils t'ont emmenée chez le coiffeur ou quoi ? »

V s'est mise à rire, imitée par Babe. « Tu parles, mon coiffeur s'appelle le hasard. Ça pousse n'importe comment. Quand je suis arrivée ici, j'avais les cheveux vraiment longs, mais j'ai tout tailladé au rasoir électrique.

— C'est incroyablement rock, V !

— Tu n'as pas le monopole de la rébellion, tu vois. » V m'a décoché l'un de ses sourires carnassiers qui, je l'avais enfin compris, étaient un signe d'affection.

Babe est intervenue. « Revenons à nos moutons. Une journée beauté, rendez-vous compte ! On se sent bien quand on se sent belle, c'est connu. »

Ce n'est pas évident quand on me voit et pourtant j'adore me bichonner. Autrefois, avec maman, on passait des journées à se faire des soins de beauté maison. Mais je n'étais jamais allée dans un vrai Spa. Et l'idée de sortir de Red Rock m'a stimulée. Nous étions excitées comme des puces. Chaque fois qu'on se croisait dans le couloir, on se lançait : « On se sent bien quand on se sent belle », avant d'éclater de rire. Même le personnel nous laissait tranquilles. Tout le monde attendait avec impatience l'arrivée imminente de Marguerite Howarth, *alias* Ellis Hardaway, la méchante du feuilleton *Amants et Étrangers* qui avait fini assassinée par sa demi-sœur au bout de quinze ans. Plus personne n'osait désormais appeler Babe « Hollywood », de peur de la blesser, je suppose, et de ne pouvoir rencontrer sa mère. Et Babe elle-même n'était pas la moins impatiente.

« J'ai hâte que vous fassiez la connaissance de maman, nous a-t-elle déclaré. C'est une vraie diva et elle a un grain, comme tous les acteurs, mais elle est tordante, vous verrez. Et je suis sûre qu'elle va toutes vous adorer. »

*
* *

Mais nous n'étions pas près de rencontrer Marguerite Howarth. Deux jours avant la date prévue pour la sortie au Spa, elle a téléphoné à Babe pour dire qu'elle venait d'obtenir un petit rôle dans un téléfilm et qu'elle ne viendrait finalement pas dans l'Utah.

« Elle m'a chargée de vous dire combien elle est dé… désolée. » Babe en bégayait presque de fureur. « Mais elle nous enverra des échantillons !

— Oh, quel dommage, j'avais tellement envie de la voir ! » a gémi Martha. V lui a lancé un regard noir qui l'a fait taire sur-le-champ.

« Je suis navrée, Babe, ai-je dit. Les parents ne se rendent pas compte.

— C'est incroyable, a ajouté V. Et après ils se demandent pourquoi on ne tourne pas rond ! »

— Peut-être que nos parents devraient faire un petit séjour dans un camp de redressement.

— J'imagine Ellis Hardaway en train de construire le mur », a dit Cassie, et Babe elle-même n'a pu s'empêcher de glousser à cette idée.

*
* *

Deux jours plus tard, V s'est glissée auprès de moi dans la carrière. Clayton faisait tout pour nous séparer, mais V refusait qu'on lui dicte sa conduite et elle s'arrangeait pour venir me parler de temps à autre. « C'est moche que la mère de Babe se soit décommandée, m'a-t-elle chuchoté, mais on aurait dû s'en douter. Les visites des parents sont rarissimes. Dans la brochure sur Red Rock, on dit même que la thérapie fonctionne mieux quand les filles sont totalement coupées de leur famille.

— C'est pour nous rendre encore plus malheureuses, V. Mais je croyais que ta mère était venue.

— Elle s'est pointée la première fois où je suis passée au niveau cinq. Comme elle était à une conférence à Las Vegas, elle ne pouvait faire autrement.

— Et ton père ?

— Il travaille pour les Nations unies. C'est un diplomate et il voyage tout le temps. Bref, maman est venue à l'improviste, mais elle ne pourrait plus le faire. Pas depuis Alexandra.

— Alexandra ?

— Qu'est-ce que tu deviendrais si je n'étais pas là pour t'informer, Brit ? Alexandra était une pensionnaire du centre. Elle a écrit à ses parents que c'était un endroit abominable, sale et tout, avec des psychothérapeutes sans qualification. La différence, c'est que ses parents l'ont crue.

— Quelle idée saugrenue, croire ses enfants !

— N'est-ce pas ? Toujours est-il que ses parents ont débarqué sans prévenir. C'était l'été, il faisait une chaleur d'enfer et on était toutes dans la carrière en plein milieu de la journée. Son père a piqué une crise et menacé de faire un procès à la direction pour négligence. Ils ont emmené Alexandra le jour même.

— Si seulement ça pouvait m'arriver !

— On peut toujours rêver, Brit, mais les visites à l'improviste ne sont presque plus jamais autorisées. Quand tes parents te placent à Red Rock, ils doivent signer un contrat stipulant qu'ils acceptent les "méthodes thérapeutiques" de l'endroit et qu'ils n'engageront aucune poursuite si tu meurs pendant que tu es sous la responsabilité de l'équipe.

— Tu exagères.

— Bon, ce ne sont peut-être pas les termes exacts, mais il existe bien un contrat et il précise qu'il faut une permission pour venir.

— Et comment es-tu au courant de tout cela, V ? »

V a pris un air mystérieux. « J'ai mes sources », a-t-elle affirmé. Mais avant que j'aie pu l'interroger à ce sujet, elle avait filé à l'autre bout de la carrière.

*
* *

Bien sûr, les parents venaient de temps en temps rendre visite à leur progéniture. Et ces visites étaient une excellente motivation. Après quelques mois passés à Red Rock, même les filles qui avaient de très mauvaises relations avec leurs parents mouraient d'envie de les voir. De sorte que la direction de Red Rock organisait ces rencontres à l'avance, les baptisait « thérapie » et les faisait payer comme un supplément. Ainsi, quatre fois par an, des « rencontres familiales intensives » avaient lieu dans un hôtel voisin. Les parents ne voyaient pas grand-chose de l'école, car ils devaient se contenter d'une visite guidée d'une heure et d'un repas. Du coup, une semaine avant, nous étions dispensées de carrière et obligées de nettoyer les couloirs douteux et les salles de bains crasseuses. Quant au repas servi, il venait de chez le traiteur. Autant dire que les parents n'avaient pas une vision très réaliste de la vie quotidienne à Red Rock.

De nous cinq, Cassie était la seule dont les parents avaient assisté à l'une de ces rencontres intensives, qui s'était plutôt bien passée. Comme il fallait rester à l'hôtel où se déroulaient les sessions, cela signifiait tout un week-end de télé et de piscine.

Nous venions de terminer une séance de thérapie de groupe et les éducatrices ont donné la liste des filles qui participeraient aux rencontres intensives de mars, dans quelques semaines. Bien sûr, aucune d'entre nous n'en faisait partie.

« Le sommet, a expliqué Cassie pour tenter de nous distraire, c'était la psychothérapie, avec tous les parents qui larmoyaient en nous sachant sur la voie de la guérison de nos troubles.

— Je parie qu'aucun ne s'est remis en cause et qu'aucune des filles n'a eu le cran d'aborder le sujet de la responsabilité des parents dans leurs problèmes », a persiflé Babe. Elle n'avait toujours pas digéré la défection de sa mère.

« Ben, qu'est-ce que j'aurais pu faire ? a répliqué Cassie. Accuser mes vieux ? Voyons, ils se sont privés de tout pour que je rentre dans le rang. »

Après avoir surpris leur fille en train d'embrasser une surfeuse pendant les vacances, les parents de Cassie l'avaient envoyée consulter quelqu'un dont ils avaient trouvé les coordonnées sur Internet, une spécialiste de la « dysphorie de genre » (un terme barbare pour qualifier ce dont souffrent les personnes qui se sentent mal dans leur identité sexuelle). Mais la dame travaillait principalement avec des transsexuels, aussi s'étaient-ils tournés vers un psychothérapeute qui « réorientait » les jeunes homosexuels, et c'était lui qui leur avait conseillé Red Rock.

Babe a repris l'offensive. « La façon dont tes parents t'ont élevée a peut-être joué un rôle dans ton orientation sexuelle.

— Absolument pas. D'ailleurs, je ne sais même pas si je suis homo. Je crois que je suis bi. Et à bien y réfléchir, tout le monde l'est. On essaie simplement de faire le tri.

— Pas moi, mon chou, les filles, ce n'est pas mon truc. Je te rappelle qu'on t'a surprise en pleine action avec une surfeuse. Ça suffit à faire de toi une gouine.

— Et toi, Babe, c'est avec le garçon de piscine, mais tu vois, je ne te considère pas pour autant comme une pute.

— T'as raison, ma vieille. Ce sont tous les autres mecs que je me suis tapés qui font de moi une pute. »

J'en avais assez entendu. « Arrête, Babe, s'il te plaît.

— Ne t'y mets pas aussi, Cendrillonnette.

— D'accord, tu ne supportes pas que ta mère ne vienne pas, mais ça ne te donne pas le droit de critiquer tout le monde, ni de décider si Cassie est homo ou pas. »

Babe a sursauté comme si j'avais touché un nerf. « J'ai le droit de dire ce que je veux.

— Tu parles comme une gamine. » Je savais que Babe n'avait pas le moral, mais je ne supportais pas de la voir passer ses nerfs sur Cassie.

« Qu'est-ce que tu essaies de prouver, marginale de mes deux ? » Babe m'a regardée comme si elle était la seule à pouvoir lire en moi.

Mon sang n'a fait qu'un tour. « Je n'ai rien à prouver.

— C'est pourtant ce que tu passes ton temps à faire.

— Épargne-moi ta psychanalyse de comptoir, Babe. J'en ai plus que ma dose. En revanche, quelques séances supplémentaires ne te feraient pas de mal. On sait que tu es en colère, mais on en a plein le dos de tes vacheries.

— Merci pour la sympathie, a-t-elle dit sur un ton sarcastique. Tu verras quand ce sera ton père qui annulera sa visite. Mais non, je suis bête, il n'aura pas à le faire puisqu'il n'a même pas l'intention de venir !

— Va te faire voir, Babe ! »

Ce soir-là et toute la journée du lendemain, nous ne nous sommes pas adressé la parole. J'étais très en colère contre Babe, mais je savais aussi qu'il fallait attendre que ça se passe. Quand on est entouré d'ennemis, on ne peut pas se permettre d'avoir une dent contre ses amis. Babe s'en est rendu compte, elle aussi. Le surlendemain matin, j'ai trouvé une petite note dans la poche de ma chemise.

Désolée, je suis une garce et une imbécile. Tu me pardonnes ? B

99

Bien sûr, je lui ai pardonné. Je n'ignorais pas qu'on pouvait accumuler de la frustration jusqu'à être au bord de l'explosion. Parfois, on avait besoin de se défouler sur quelqu'un et, dans ce cas, c'était plus sûr de le faire sur une amie. Babe n'avait pas voulu être blessante, mais elle avait touché un point sensible. Dans ses lettres, mon père promettait effectivement de venir me voir. Il en faisait même tout un plat, évoquant avec enthousiasme le projet d'une visite en compagnie de Billy et – hélas ! – du Monstre. Mais de toute façon, comme j'étais redescendue au niveau trois, je n'y avais pas droit, même si j'avais essayé de « réaliser mon programme ». En principe.

V n'arrêtait pas de me dire de faire semblant. Il suffisait que je m'« ouvre » pendant la thérapie confrontationnelle, m'expliquait-elle. Aucune importance si je racontais des craques. Je me suis donc inventé un mélo à base de solitude à l'école, où j'avais été prise comme souffre-douleur par les autres enfants. J'ai même réussi à m'arracher une larme pendant une séance. Mon cinéma a impressionné l'équipe éducative qui a vanté mon « honnêteté » ! J'étais certaine de me retrouver au niveau quatre, mais il faut croire que j'avais vraiment vexé Clayton, parce que, malgré mes prétendus progrès, je suis restée bloquée au niveau trois. Je ne verrais donc pas mon père en mars et les prochaines rencontres intensives n'auraient pas lieu avant juin. Juin ! Parti comme c'était, j'allais finir coincée à Red Rock pendant l'été. Peut-être même pendant toute l'année scolaire suivante.

Le pire, c'était de rester dans l'ignorance. Si l'on tue quelqu'un, on est condamné à une peine que l'on connaît et l'on peut recevoir des visites en prison, mais les Sœurs et moi n'avions même pas ces droits. Une fois les trois premiers mois écoulés, j'avais compris que je ne faisais pas partie des filles dont le séjour était couvert uniquement par l'assurance santé et, depuis, je passais mon temps à tenter de deviner quand je sortirais. Qui sait si je n'allais pas vivre à Red Rock jusqu'à mes dix-huit ans ? Cette perspective me déprimait profondément, moi qui étais de nature optimiste et gaie. Bien sûr, il m'arrivait autrefois d'être triste, comme lorsque j'avais vu maman sombrer peu à peu dans la folie, mais je ne me laissais pas abattre. C'est à Red Rock que j'avais commencé à éprouver des sentiments quasi permanents de vide, de lassitude et de colère. Certains jours, j'avais envie de disparaître. De sorte que non seulement je n'avais aucune idée du moment où je retrouverais ma vie d'avant, mais en plus j'ignorais qui je serais à ce moment-là.

14.

Ma chère Brit,

Comment vas-tu ? Comment cela se passe-t-il à l'école ? J'espère que tu travailles dur et que tu as de bonnes notes. Le temps à Portland est toujours aussi triste et pluvieux. C'est sûr que j'aimerais bien être dans un endroit plus chaud et plus ensoleillé.

J'ai de très bonnes nouvelles à propos de ton oncle Claude. Il va beaucoup mieux et il joue de nouveau dans son orchestre de musique de chambre, ce qui lui fait très plaisir. En fait, son ensemble va se produire dans plusieurs villes, dont San Francisco, Boise et – tu ne vas pas le croire – Saint George, c'est-à-dire tout près de l'endroit où tu te trouves ! Il y sera le 15 mars et il aimerait beaucoup te voir. Je lui ai dit que malheureusement le règlement ne le permettait pas, mais il voulait que tu sois au courant et que tu saches qu'il penserait à toi lorsqu'il jouerait dans les environs de ton école.

J'espère que tu continues à faire des progrès en classe. Écoute bien tes professeurs et ce que te disent les psychothérapeutes. Le printemps va arriver et les lucioles le suivront de peu.

Affectueusement,
Papa

« C'est de Jed », ai-je dit aux filles lors de notre réunion hebdomadaire. J'étais radieuse. « Je n'en reviens pas. Comme les courses en ville ont été interrompues à cause de la neige, je n'ai pas pu lui faire parvenir de lettre et j'ai cru qu'il m'avait laissée tomber. On dirait qu'il a deviné que je n'avais pas le moral et, au moment où je croyais toucher le fond, il m'envoie ça ! »

J'avais parlé à toute vitesse. Les mots se bousculaient dans ma bouche.

« Brit, calme-toi. Reprends ton souffle. » V a tendu la main vers le courrier. « Je peux ?

— Vas-y. Lis-la à haute voix. »

Quand elle a eu terminé, elle m'a demandé : « Je suppose que tu vas vouloir ton cadeau de Noël maintenant, la promesse que j'ai faite, je veux dire.

— Oui, s'il te plaît. »

Martha a poussé un soupir. « On peut m'expliquer ? J'ai du mal à suivre.

— Moi aussi, je suis larguée, a dit Cassie.

— Eh bien, voilà. Oncle Claude, c'est Clod, le groupe dans lequel je joue. Ils partent en tournée et ils vont se produire à Saint George. Jed espère que je pourrai m'échapper et le retrouver. Du moins, c'est ce que j'ai compris. »

Babe m'a lancé un regard complice. « C'est aussi mon interprétation, mon chou.

— Comment va-t-on faire ? » ai-je demandé à V.

Nous nous sommes toutes tournées vers elle, pensant qu'elle allait prendre le temps de la réflexion. Pas du tout. Elle s'est aussitôt lancée dans l'exposé d'un plan. « Voilà : la semaine prochaine, une sortie en ville est prévue pour les filles du cinq et du six.

Cassie ou moi, on va se débrouiller pour en faire partie. On pourra s'échapper facilement et téléphoner à mes nouvelles copines pour leur demander si elles peuvent passer te prendre. Pour déverrouiller la porte, tu te serviras du passe que je cacherai dans la plante verte en plastique qui est près du bureau de Clayton. Maintenant, écoute bien, Brit : la nuit, la plupart des portes sont sous alarme, mais si l'une d'elles reste ouverte, le système est désactivé. Donc, le jour du concert, l'une d'entre nous va faire semblant d'être malade et se faire envoyer à l'infirmerie. Au retour, elle s'arrangera pour glisser un bout de papier dans le montant de la porte. Toi, Brit, tu te coucheras comme si de rien n'était. »

Après une courte pause, elle a poursuivi : « Le gorille va se chercher un café à vingt-deux heures trente, ensuite il va pisser. Je l'entends tous les soirs. C'est dans ce créneau que tu vas agir, Brit. Tu vas te glisser dans l'infirmerie, escalader le peuplier et passer par-dessus la clôture. Ce n'est pas facile, mais c'est faisable. Ta Rolls t'attendra. Au matin, tu seras revenue avant l'appel en empruntant le même chemin. »

Nous l'avons dévisagée, bouche bée. « Ne me regardez pas comme ça ! s'est-elle exclamée. J'ai eu largement le temps de réfléchir à tous ces détails.

— Eh bien, je me demande ce que tu fais ici, a lancé Cassie, visiblement bluffée. Il y a longtemps que tu aurais pu te tailler ! »

V a haussé les épaules. « Pour aller où ?

— Et les caméras ? ai-je demandé.

— Ça, c'est le risque, a répondu V, le front plissé. Tu seras filmée, effectivement. Mais en réalité, personne ne visionne la télé en circuit fermé et ils recyclent sans cesse les bandes. Tu sais bien qu'ici, c'est n'importe quoi ! »

Martha a frissonné. « C'est vraiment dangereux, Brit !

— Je m'en fiche ! Je traverserais un mur de flammes pour aller voir Jed. V, qu'est-ce que tu fais d'Helga, l'infirmière ?

— Elle ne dort pas ici.

— Et Tiffany ?

— Est-ce qu'elle s'est déjà aperçue de votre absence quand on se réunit ici ?

— Non, a admis Babe. À chaque fois, on s'assure qu'elle dort et quand elle roupille, elle ronfle à faire s'effondrer les murs. En plus, cette fois, il ne manquera qu'une seule d'entre nous. Tu n'auras qu'à mettre des oreillers sous les draps pour faire croire que tu es là, Brit.

— Bon, ça résout le problème. Reste un dernier souci. »

Babe a froncé les sourcils. « La contraception ? Je ne suis pas certaine qu'on trouve des préservatifs en ville. Ils sont assez puritains, par ici.

— Mais non, voyons, Babe, ce n'est pas à ça que je pensais ! Je ne couche pas avec Jed. Je me demandais simplement comment j'allais m'habiller. Je n'ai que cet uniforme… informe. »

Mes quatre amies sont restées muettes quelques instants, puis Babe a suggéré : « On peut te coiffer et te maquiller avec mon stock de produits de beauté, mais, pour les vêtements, c'est une autre affaire.

— Je n'ai pas vu Jed et les autres membres du groupe depuis six mois. J'aurais honte de débarquer en chemise et pantalon de toile.

— Pareil pour moi si j'étais à ta place, mon chou.

— Et les vêtements qu'on avait en arrivant ? ai-je repris. Vous savez où ils les rangent ? » Je portais alors une jupe dénichée dans une friperie et un T-shirt à l'effigie du groupe The Clash. Pas follement sexy, mais c'était mieux que rien.

« Figurez-vous que j'étais en pyjama, puisqu'ils sont venus me chercher en pleine nuit, a déclaré Cassie.

— Moi *idem*, mais j'avais un petit ensemble de lingerie assez affriolant, a dit Babe en riant. Je te vois très bien dedans, Brit.

— Ce n'est pas le genre de Brit, voyons ! » s'est exclamée Cassie.

V est intervenue. « Laissez tomber, les filles. Ils gardent nos affaires avec les objets confisqués, dans un placard fermé à clef du bureau du Shérif. On ne va pas risquer de tout faire capoter en essayant de l'ouvrir.

— Et tes agents secrets en ville ? ai-je demandé.

— Elles sont serviables et sympas, mais, côté fringues, c'est sweat-shirts et chaussures de gym. En plus, elles font le double de toi.

— Pourquoi ne pas bricoler à partir de ce qu'on a ? a suggéré Martha. On pourrait transformer un short en jupe en décousant les coutures. Et couper les manches et le col de la chemise. En l'effilochant et en la retournant, on lui donnerait un petit air grunge sympa. Avec des chaussettes au-dessus du genou et des baskets, tu serais un peu punk, non ? »

Babe a gloussé d'un air ravi. « Plutôt écolière coquine ! Martha, tu es un génie !

— Tu pourrais vraiment faire ça, Martha ? ai-je interrogé.

— Oui, mais il me faudrait du matériel de couture et je ne sais pas comment m'en procurer.

— Moi, si, je peux en rapporter du cours d'économie domestique », a dit Cassie.

Babe a écarquillé les yeux. « Un cours d'économie domestique ? Ils ont ça ici ?

— Oui, mais juste pour les filles comme moi, qu'on essaie… euh… d'intéresser aux choses féminines. Si je leur dis que je veux faire de la couture, j'arriverai sans doute à mettre la main sur une aiguille et du fil. »

Martha semblait follement excitée. « Brit, je te promets du bon boulot. C'est moi qui réalisais tous mes costumes.

— Tes costumes ? »

Nous avions toutes parlé à l'unisson.

« À l'époque où j'étais Miss.

— Tu as été reine de beauté ? a demandé Cassie.

— Eh oui, j'ai été élue Miss Junior Colombus, Ohio, à douze ans. »

Nous n'en revenions pas. Martha, reine de beauté ? C'est vrai qu'elle était plutôt jolie avec ses grands yeux et sa peau fraîche. Mais elle avait beaucoup d'embonpoint et elle se comportait comme si elle cherchait à être transparente. Elle n'avait pas l'aura d'une Miss.

« Martha chou, ne le prends pas mal, mais est-ce qu'il s'agissait d'un concours de beauté pour filles enveloppées ? »

C'était du pur Babe. Nous avions toutes pensé la même chose, mais elle seule était capable de poser la question.

Un voile de tristesse a obscurci les yeux de Martha. « Pas du tout, a-t-elle répondu. À l'époque, j'étais mince comme un fil. Il n'y a pas longtemps que je me suis mise à grossir. Mon métabolisme a dû se dérégler. » Elle a contemplé ses mains quelques instants avant de reprendre : « Je n'ai pas arrêté de coudre pour autant. Et je vous assure, mes costumes étaient superbes.

— Martha, tu es une femme mystérieuse, a dit V.

— Vraiment ?

— Oui. » Martha a eu un sourire éblouissant et, derrière ce sourire, on devinait cette fois la reine de beauté qu'elle avait été.

15.

« Raconte-nous à quel point c'est moche. Est-ce qu'ils vous maltraitent ? Est-ce qu'ils vous privent de nourriture ? On les a vus infliger ça à une pensionnaire, à l'époque. »

Nous étions le 15 mars au soir et Beth et Ansley, les ex-éducatrices de Red Rock, me conduisaient en voiture à Saint George. Le plan de V avait parfaitement fonctionné. Il ne neigeait pas ce soir-là. Cassie avait profité d'une sortie au bowling pour appeler nos complices. Babe avait feint d'être souffrante et bloqué la porte de l'infirmerie pour qu'elle reste ouverte. Quant à Martha, elle avait fait des merveilles avec ses doigts de fée à partir de l'affreux uniforme de Red Rock. Vingt minutes après l'extinction des feux, je m'étais glissée hors de la chambre, puis j'avais gagné la porte au bout du couloir, escaladé l'arbre et franchi le mur sans même une égratignure. En voyant Beth en train de m'attendre dans sa camionnette, j'avais été stupéfaite de la facilité avec laquelle les choses s'étaient passées.

Beth et Ansley étaient d'humeur bavarde et elles avaient visiblement envie de récolter un maximum d'informations sur Red Rock. En temps normal, j'aurais été ravie d'expliquer à quel point la thérapie qu'on y pratiquait était bidon, mais j'avais l'estomac noué et je ne pensais qu'à éviter de vomir. Depuis trois semaines, j'imaginais des scénarios catastrophes au cas où le plan de V ne marcherait pas et j'avais fini par être tellement obsédée par mon évasion que j'en avais presque oublié le motif : revoir Jed et les membres de Clod.

Et voilà que j'étais sur le point de les retrouver. À ceci près que je n'appartenais plus au groupe et que j'allais être spectatrice. Cela me faisait bizarre. Avec Jed non plus, ce n'était pas simple. Par ses lettres, son affection et son soutien, il illuminait depuis six mois l'atmosphère sinistre de Red Rock, comme une luciole. Je pensais sans cesse à lui, plus souvent que je ne l'aurais fait dans d'autres circonstances. Et plus souvent qu'il ne pensait à moi, certainement. L'histoire de la luciole, c'était sans doute une façon de me soutenir et de m'encourager. Aussi me suis-je efforcée, pendant le trajet, de me débarrasser de mes illusions, afin d'éviter une grosse déception. Quoi qu'il arrive, ce serait bon de les revoir tous les trois – Jed, Erik et Denise.

Si j'arrivais à les trouver. Tout ce que je savais, c'est qu'ils se produisaient à Saint George. Je n'avais aucune idée ni de l'heure ni du lieu. J'y serais au plus tôt vers vingt-trois heures et ils seraient peut-être déjà repartis.

Ansley m'a rassurée. « Ne t'inquiète pas. On a vite fait le tour de Saint George et il n'y a pas plus d'un ou deux endroits où ils peuvent se produire en concert. On va aller voir au Java Jive et au Cafenomica.

— C'est soit l'un, soit l'autre, a précisé Beth. On n'a pas souvent l'occasion de voir des groupes ici. L'Utah n'a rien d'un paradis pour les musiciens. D'ailleurs, si cela ne t'ennuie pas, Brit, on aimerait assister au concert.

— Avec plaisir ! Je ne vous remercierai jamais assez pour votre aide.

— Ce n'est rien, Brit, a dit Ansley. On aimerait pouvoir faire plus pour vous toutes. Obliger cette horrible boîte à fermer. »

Nous arrivions en ville. C'était une petite agglomération sympa, avec de nombreux motels et des galeries où l'on vendait des objets d'art indiens. À un feu rouge, nous avons repéré quelques jeunes qui faisaient du skate-board et nous leur avons demandé s'ils savaient où se produisait un groupe du nom de Clod. Ils nous ont aussitôt fourni la réponse : le Cafenomica.

J'ai vu Denise en premier. Elle était sur scène, en train de régler l'ampli de basse. « Brit, pas possible ! » s'est-elle écriée en se précipitant vers moi et en se jetant dans mes bras. « Tu y es arrivée ! Viens, Erik et Jed sont là-bas. Ils vont tomber raides en te voyant. Tu as bien choisi ton heure, on passe à onze heures et demie. »

Nous sommes allées sur le parking. La bonne vieille fourgonnette était là. Appuyé contre la carrosserie, Erik fumait une cigarette, en bavardant avec quelques filles. Quand il m'a aperçue, il a agité les bras. Puis il m'a fait signe d'attendre et il s'est rué à l'intérieur du véhicule, et il est ressorti avec un sac en papier graisseux qu'il m'a tendu. « Wouah, t'as réussi ! s'est-il écrié. J'en étais sûr. »

J'ai respiré l'odeur du sac. « Un burrito. Tu m'as acheté un burrito, Erik ?

— Ben, c'est la tradition, non ? Sauf qu'on a déjà mangé les nôtres.

— Il avait les crocs, a précisé Denise.

111

— Merci. » J'en avais les larmes aux yeux.

« Hé, tu vas pas te mettre à chialer à cause d'un burrito, a protesté Erik. Ça me fout les boules, les filles qui se liquéfient.

— Ne t'inquiète pas. Je suis heureuse de vous voir, c'est tout.

— Nous sommes heureux de te voir, nous aussi », a lancé une voix derrière nous. Un frisson m'a parcourue. Puis j'ai senti une main se poser sur mon épaule et ma peau est devenue brûlante à cet endroit. Je me suis retournée lentement. Jed était toujours aussi beau, avec ses yeux verts au regard rêveur et ses cheveux qui bouclaient sur la nuque. Il s'est penché pour m'embrasser sur la joue, mais j'ai tourné légèrement la tête et ses lèvres ont effleuré le coin des miennes. J'ai eu l'impression de recevoir une décharge électrique.

« Salut, Jed. » C'est tout ce que j'étais capable de dire.

Il a souri. « Salut, Brit.

— Salut, Jed », ai-je répété.

Erik nous a interrompus. « Excusez-moi de gâcher votre duo, mais faut qu'on aille jouer.

— Oh ! me suis-je exclamée, le rouge aux joues. Je vous verrai après le concert. Je vais essayer de trouver une bonne place dans la salle.

— Dans la salle ? » Jed me regardait d'un air incrédule. « Ta place est sur scène. Tu joues avec nous.

— Moi, je joue ?

— Bien sûr. Tu fais partie de Clod, n'oublie pas.

— Plus maintenant. Ça fait plus de six mois que j'ai arrêté. Je ne suis même pas sûre de savoir encore tenir une guitare.

— Ne dis pas d'âneries, a protesté Jed.

— En plus, je n'ai pas de guitare.

112

— Attends ! » Erik s'est de nouveau précipité dans la camionnette et quand il en a émergé, quelques instants plus tard, il tenait ma Gibson SG à bout de bras.

J'ai serré l'instrument contre moi comme une vieille amie perdue de vue depuis longtemps. « Où l'avez-vous prise ?

— Dis donc, t'es un peu ramollo de la mémoire, a dit Denise. Elle était là où tu l'as laissée, dans le sous-sol de Jed.

— Oui, elle t'attendait. » Jed avait prononcé ces mots en me regardant droit dans les yeux et j'ai cru m'évanouir.

« Mais je n'ai pas répété, ai-je insisté. Et vous avez sans doute de nouvelles chansons… »

Denise a froncé les sourcils. « Arrête avec les bonnes excuses, m'a-t-elle intimé sur un ton faussement bourru. C'est bien toi, la fille qui est entrée dans le groupe au culot, alors qu'elle n'était qu'une gamine sachant à peine jouer ? Alors, occupe-toi d'accorder ta guitare.

— Tiens, voilà la set-list A, a dit Jed. Ce sont nos anciennes chansons. Tu les connais toutes.

— La B, c'était quoi ? ai-je demandé.

— Ce qu'on aurait joué si tu n'étais pas venue. Elle intègre des chansons nouvelles.

— Vous n'auriez pas préféré ?… »

Gentiment, mais fermement, Jed m'a coupé la parole. « Brit, ces chansons, on pourra les interpréter autant de fois qu'on voudra plus tard. Ce soir, c'est cette set-list, point final.

— Tu crois vraiment que si on est venus en Utah, c'est à cause de sa tradition punk-rock ? a renchéri Denise. Non, on est venus pour jouer avec toi.

— Vraiment ? ai-je demandé.

— Et c'est reparti, elle va se mettre à chialer, s'est lamenté Erik. Allons-y, cette fois ! »

Mon premier concert avec Clod s'était déroulé à Eugene, ville de l'Oregon située à un peu plus de cent cinquante kilomètres de Portland. Il s'agissait seulement d'une petite fête près du campus universitaire, mais j'étais une boule de nerfs. Quand on s'est installés, je tremblais tellement que je me suis crue incapable de jouer, de chanter ou de me souvenir des paroles des chansons. Puis Jed a branché les amplis en envoyant un feed-back, et le public a fait silence. Erik a marqué le rythme avec ses baguettes et nous avons commencé à jouer. Et soudain, je n'ai plus eu l'impression d'être face à une foule, ni même au sein d'un orchestre. J'étais seule avec la musique, qui me venait instinctivement. Cela a duré une bonne demi-heure, qui m'a paru à peine quelques secondes. J'ai terminé sur un petit nuage et j'ai passé le reste de la soirée à rire comme une folle. Erik était persuadé que j'avais fumé des joints.

Là, au Cafenomica, lorsque Erik a pris ses baguettes pour attaquer *Dumbbell*, je suis entrée en transe de la même manière. J'ai tout oublié non seulement des six derniers mois, mais des dernières années de mon existence. J'étais de nouveau moi-même. J'étais Brit, la fille qui faisait ce qu'elle avait envie de faire. Celle qui avait un père et une mère qui l'aimaient. Et une vie certes un peu excentrique, mais normale. C'était comme si la musique cicatrisait mes plaies, me rendait ma véritable identité et ma confiance en moi, et me

114

rappelait que Red Rock n'était pas ma vraie vie. La vraie vie était merveilleuse et, même si elle me semblait lointaine, elle existait encore. J'existais encore.

Le set terminé, on a gagné les coulisses, tandis que le public devenait hystérique. « Eh bien, on les branche à fond ! » s'est exclamée Denise.

Erik a souri. « Peut-être qu'ils n'ont pas souvent de musique dans le coin. » J'avais envie de lui dire que c'était exactement ce que m'avait expliqué Ansley, mais j'étais incapable d'articuler un mot. Les gens applaudissaient, tapaient sur les tables, criaient : « Encore, encore ! »

« Je crois qu'il va falloir y retourner, a déclaré Jed.

— Qu'est-ce qu'on va jouer ? a demandé Denise.

— Je n'en sais rien. On a fini le set. »

J'ai retrouvé l'usage de la parole. « Allez-y et jouez sans moi. C'est OK.

— Pas question, a décidé Jed. Ces rappels sont pour nous tous. Je propose une reprise.

— Une reprise, c'est une façon de se défiler », ai-je dit. On faisait de temps en temps des reprises en répétition, juste pour le plaisir, mais jamais en concert. Question de fierté. « J'ai une idée. On part sur *sol, ré, la* mineur. Vous pouvez me suivre ? C'est franchement basique. »

Jed a hoché affirmativement la tête. « *Sol, ré, la* mineur. Pas de problème. » Il s'est tourné vers Denise. « Tu l'as ? Bon.

— Moins rapide, Erik, s'il te plaît. Je sais que tu aimes quand ça va vite, mais là, c'est plutôt cool. Utilise tes balais.

— Voilà. Tout en douceur. »

Je suis retournée sur la scène. « Cette chanson est pour mes Sœurs, et pour mon groupe, ai-je annoncé.

115

Elle est intitulée *Car je suis là pour toi.* » Je me suis mise à gratter ma guitare. Comme d'habitude, Jed a capté le riff, suivi par Erik et Denise, et c'était comme si tous connaissaient la chanson, comme s'ils l'avaient toujours jouée. Quand j'ai eu terminé, la salle était debout. Tout le monde criait et trépignait. Nous avons salué et sommes repartis en coulisses.

« Je rêve ou on a cassé la baraque ? a interrogé Denise.

— Tu ne rêves pas, a répondu Jed d'un ton calme. C'est un moment spécial. »

Ensuite, on a chargé la camionnette et, comme au bon vieux temps, on est allés manger quelque chose. J'ai commandé un burger frites, un milk-shake et des pancakes, le tout largement arrosé de café. Quand la serveuse a apporté ma commande, mes amis ont commencé par éclater de rire, mais bien vite ils ont pris un air inquiet.

« Ma parole, ils t'affament, dans cette boîte ! s'est exclamée Denise.

— Quand même pas », ai-je marmonné, la bouche pleine.

Erik m'a tapoté la main. « Mets la pédale douce sur le café, sinon tu ne pourras pas fermer l'œil.

— Je m'en fiche. À Red Rock, on n'a pas droit au café. Vous imaginez, six mois sans le moindre petit noir ?

— Pour moi, c'est une violation des droits de l'homme ! s'est exclamée Denise, dont c'était le breuvage préféré.

— Par rapport à toi, on est drôlement privilégiés », a approuvé Erik.

Jed m'a regardée d'un air songeur. « Ça, c'est bien vrai. »

Pendant le repas, tous trois m'ont tenue au courant des dernières nouvelles concernant Clod. Après le Festival de l'été indien que j'avais manqué, ils avaient été engagés par des clubs de l'Oregon et de l'État voisin de Washington, et ils avaient même fait la première partie de groupes plus importants. Un ou deux labels indépendants leur avaient proposé d'enregistrer un single, voire un CD. En tout cas, disaient-ils, ma place était toujours parmi eux et ils ne songeaient pas à me remplacer. « En tant que trio, on tient la route, bien sûr, mais on est meilleurs à quatre », a déclaré Denise, tandis qu'Erik levait sa tasse de café à la santé du groupe.

Vers deux heures du matin, Erik et Denise ont commencé à donner des signes de fatigue. Denise a tapoté sa montre. « Il est temps de dormir un peu, a-t-elle dit en étouffant un bâillement.

— Vous reprenez la route ensuite ? » ai-je demandé. Il nous était souvent arrivé de faire un petit somme à l'arrière de l'utilitaire après un concert.

« Non. La prochaine destination, Spokane, est à des kilomètres et comme on doit y être seulement après-demain, on va roupiller dans un motel.

— Un motel ! Vous faites dans le luxe, maintenant !

— On gagne de quoi couvrir nos frais. Et t'offrir ce gargantuesque repas », a dit Erik en ramassant l'addition.

Erik m'a installée en grande pompe à l'avant du véhicule. J'étais encore tout étourdie et en même temps surexcitée par le café. Pendant que nous traversions la ville, j'ai pris conscience que la nuit se terminait et que je n'allais pas à Spokane avec mes amis, mais que je devais rentrer *là-bas*. Aussitôt, une sorte de dépression m'est tombée dessus. C'était comme si quelqu'un avait éteint la lumière. L'atmosphère a changé et on s'est tous arrêtés de parler et de plaisanter. Quand j'ai aperçu leur motel sur la route, mon cœur s'est serré.

« À quelle heure dois-tu rentrer ? m'a demandé Jed en engageant la camionnette dans l'allée. Je ne voudrais pas que tu prennes le moindre risque.

— L'appel est à sept heures, mais il vaudrait mieux que je sois là-bas avant le lever du jour, vers six heures, disons.

— Tu aimerais faire un tour ?

— J'adorerais.

— Moi aussi. »

Quand on a laissé Erik et Denise au motel, ils m'ont serrée affectueusement dans leurs bras. J'étais triste de les quitter, mais aussi terriblement excitée de rester seule avec Jed, du moins pendant quelques heures.

« Surtout, accroche-toi, Brit, m'a dit Denise.

— Compte sur moi. »

Erik m'a tendu un sac en papier. « Tiens, ça t'aidera à passer les moments difficiles. »

J'ai ouvert le sac. Il contenait de la marijuana.

« Non, merci, Erik. Ce n'est pas mon truc.

— T'es lourd ! s'est exclamée Denise. Tu sais bien qu'elle ne fume pas et en plus, c'est comme si elle était en prison. Excuse-le, Brit.

— Pas de problème. J'apprécie l'intention. »

Erik m'a souri. « Alors à plus, à Portland. »

Je les ai embrassés, puis je suis remontée dans la fourgonnette. « Où m'emmènes-tu ? ai-je demandé à Jed.

— Je pensais aller dans les montagnes. Le parc national de Zion est tout près d'ici. Je l'ai visité une fois avec mes grands-parents. Il y a d'étonnantes formations rocheuses, qui portent le nom de prophètes mormons. C'est assez extraordinaire. » Il a pointé l'index vers le ciel. « De nuit, je sais pas ce que cela va donner, mais on a la chance d'avoir une pleine lune.

— Formidable. Je ne connais pas la région, en fait.

— Vous n'avez jamais de sorties ?

— Pas vraiment. Quand le temps est plus doux, on nous emmène en randonnée, mais ça ressemble plutôt à des marches forcées. On n'a pas trop l'occasion d'admirer le paysage.

— Dis-moi, c'est le bagne, là où tu es ! J'ai un peu regardé sur Internet et ça fait froid dans le dos.

— Et encore, tu ne sais pas tout.

— Tu veux m'en parler, Brit ?

— Si ça ne t'ennuie pas, je préférerais oublier cet endroit pour le moment. »

Jed a eu un petit sourire triste. « Quel endroit ? » a-t-il demandé.

Nous roulions sur une route à lacets qui grimpait dans la montagne. La lune éclairait les gigantesques falaises rouges en à-pic au-dessus des canyons. Je regardais par la vitre, tout en observant de temps à autre Jed à la dérobée. Je mourais d'envie de passer mes lèvres sur sa nuque, sur laquelle la transpiration avait séché et dont j'imaginais la saveur salée. Petit à petit, nous nous sommes enfoncés dans la montagne. Jed fredonnait les chansons que je ne connaissais pas, celles que le groupe avait mises à son répertoire au cours des six derniers mois. Au bout d'une demi-heure, nous sommes arrivés dans un bourg appelé Springdale. Jed a garé le véhicule. « Apparemment, la route ne va pas plus loin, a-t-il dit. Le parc commence ici. Il faut continuer à pied. Si ça te convient.

— Tout à fait.

— Tu as froid ? »

J'étais gelée. Je n'avais rien d'autre sur moi que la jupe cousue par Martha et un sweat-shirt emprunté à Ansley. Jed a farfouillé à l'arrière de l'utilitaire. Il a rapporté sa veste en daim toute patinée, celle qu'il ne quittait pratiquement jamais et dont je respirais parfois l'odeur quand il ne me voyait pas. « Tiens, mets-la. Je prends aussi une couverture, au cas où. »

On s'est mis à marcher dans le parc et Jed m'a raconté ce qui s'était passé à Portland depuis mon départ. Il m'a fait rire en me racontant les derniers potins : qui sortait avec qui, quel groupe s'était séparé, qui avait signé un contrat avec une maison de disques. J'avais oublié à quel point il était agréable de parler avec lui et toute la nervosité accumulée pendant la soirée s'est envolée. Au bout d'une demi-heure, nous sommes arrivés à une clairière en bord de rivière.

« Tu veux qu'on s'arrête un moment ? »

J'aurais voulu plus encore. J'aurais voulu figer ces moments pour l'éternité, même si je devais regagner Red Rock dans quelques heures. Mais je me suis contentée de répondre « oui ». Jed a étendu la couverture sur l'herbe et nous nous sommes allongés dessus. Le ciel, illuminé par des millions d'étoiles, était si pur qu'on distinguait parfaitement la Voie lactée. « J'avais oublié à quel point c'était beau », a dit Jed. J'étais étendue à côté de lui, si près que je distinguais les petites veines sur le lobe de son oreille. J'ai serré son poignet.

« Merci, Jed.

— Merci de quoi ?

— De tout. Des lettres. D'avoir emmené le groupe en Utah. Et de ceci », ai-je ajouté en montrant le ciel.

Il a pris ma main et m'a caressé la paume. « Je ne l'ai pas fait pour toi, a-t-il murmuré. Pas complètement. » Puis il m'a embrassé les deux poignets et a continué à déposer des baisers légers tout au long de mon bras jusqu'à mon épaule et au creux de mon cou. Quand il a atteint mes lèvres, mon corps entier vibrait dans l'attente de son baiser, et, quand je l'ai reçu, j'ai eu l'impression qu'un chocolat fondait dans ma bouche. On est restés un moment à s'embrasser, serrés l'un contre l'autre, puis Jed a éclaté de rire.

« Il y a une éternité que j'en avais envie, Brit ! s'est-il exclamé.

— Alors pourquoi ne l'as-tu pas fait plus tôt, idiot ? » Je lui ai donné une petite tape sur le torse avant d'enfouir mon visage dans son cou et de passer enfin ma langue sur sa peau. Il m'a embrassée de nouveau et a repoussé la mèche de cheveux qui me tombait sur l'œil.

« Au début, c'est parce que tu étais trop jeune, m'a-t-il expliqué. Ensuite, c'est parce que je craignais que cela ne gâche tout avec le groupe. Et après, c'est parce que tu traversais cette passe difficile et que je ne voulais pas compliquer un peu plus ta vie.

— Tu ne compliques rien, bien au contraire. Toi et le groupe, vous étiez les deux éléments positifs dans ma vie.

— Et toi-même, Brit, tu es une rock star. Ne laisse personne t'en dissuader. Promets-le-moi.

— Oui, à condition que tu te taises. »

Jed a souri et il s'est de nouveau penché vers moi.

*
* *

Cette nuit-là, quand je me suis réveillée sous la couverture, la tête posée sur le torse de Jed, j'ai photographié mentalement la scène. C'est quelque chose que ma mère m'avait appris à faire, pour garder vivant le souvenir auditif, olfactif, visuel, tactile et gustatif d'un événement. Comme ça, on emportait avec soi un moment particulier et on pouvait à tout moment le faire revivre. Je redonnais ainsi vie à des souvenirs de ma mère et je savais qu'il en serait de même pour ce qui venait de se passer. Et tandis que j'enregistrais tout cela, le cœur de Jed battant contre mon oreille, j'ai vu une étoile filante traverser le ciel, telle une luciole géante.

16.

De retour dans ma chambre de Red Rock, un peu plus tard dans la matinée, j'avais encore le goût de Jed sur la langue et l'odeur de sa peau dans les narines, tandis que mon menton avait gardé la trace du frottement de sa barbe naissante. Déjà, cette nuit m'apparaissait comme un rêve. En me raccompagnant, Jed m'avait dit que je n'étais pas obligée de rentrer, que je pouvais retourner à Portland avec lui, et j'avais eu envie de dire oui, mais je savais qu'il ne valait mieux pas. Je devais quitter Red Rock au grand jour. À moi de me débrouiller pour y parvenir. Pour reprendre ma vie en main. Jed l'a compris. Il m'a promis que le groupe et lui m'attendraient. Quand je me suis glissée en catimini dans la chambre, Babe ne dormait pas. Elle m'a adressé un regard interrogateur et j'ai levé le pouce avec un sourire radieux. « Génial ! » a-t-elle articulé en silence, puis elle m'a fait signe de me coucher. Je suis restée allongée à regarder le jour se lever derrière les volets, en me remémorant les événements de la nuit.

Les lumières se sont allumées à six heures trente et la voix du Shérif a résonné dans les haut-parleurs : « Debout les filles ! » Comme je voulais garder sur moi l'odeur de Jed, j'ai sauté l'étape de la douche et je me suis habillée directement. À sept heures, je me suis préparée à répondre à l'appel, en me retenant d'arborer un sourire béat. D'habitude, l'appel était effectué suivant les niveaux – le trois et le quatre d'un côté, le cinq et le six de l'autre –, mais, ce matin-là, on nous a toutes rassemblées dans la carrière. V s'est faufilée auprès de moi. « Il s'est passé quelque chose, m'a-t-elle glissé entre ses dents. Quoi qu'il arrive, ne dis rien. C'est sérieux, Brit. Pas un mot. » Elle a ensuite rejoint les filles du niveau six.

Les éducatrices sont venues nous compter comme chaque matin, puis elles se sont concertées avec le Shérif. Toutes les élèves bavardaient entre elles, étonnées. J'ai eu un mauvais pressentiment.

Au bout de quelques minutes, le Shérif s'est adressé à nous. « Vous vous croyez sans doute très malignes, a-t-il dit. Eh bien, ça va mal se terminer. L'une de vous a décidé de s'offrir une petite sortie nocturne, n'est-ce pas ? On a reçu un appel ce matin. Quelqu'un a vu une fille portant l'uniforme de Red Rock à Saint George. J'ai pensé : "Pas possible, les miennes ne sont pas aussi bêtes." Mais juste pour être sûrs, on a examiné les bandes des caméras de surveillance et devinez ce qu'on a trouvé ? L'une d'entre vous a trahi notre confiance. Elle est sur la bande. »

Merde, mille fois merde, me suis-je dit. Mais tout en sachant que j'allais être coincée et rétrogradée au niveau un, voire pire, je m'en fichais. Je n'aurais renoncé à cette nuit pour rien au monde.

« Seulement, nous avons un problème, a poursuivi le Shérif. Comme il fait sombre, l'image n'est pas très distincte. N'empêche qu'on a une petite idée. Et croyez-moi, on a bien l'intention de découvrir l'identité de notre fugitive. Alors, avant d'aller plus loin, je donne à la coupable l'occasion de se dénoncer. »

V, les sourcils arqués, braquait sur moi un regard incendiaire. Je n'ai pas cillé.

Le Shérif a rompu le silence qui s'était installé. « Bon, cela ne me surprend pas, a-t-il lancé. Une menteuse, une tricheuse, une minable, voilà ce qu'est la coupable. Mais on va la faire sortir de son trou. Si l'une de vous sait de qui il s'agit, qu'elle se manifeste. Nous ne nous montrerons pas ingrats, croyez-moi. »

Tiffany ! Elle pouvait me livrer. Elle ronflait quand j'avais quitté la chambre, mais qui sait si elle ne s'était pas levée un peu plus tard pour aller aux toilettes et n'avait pas découvert mon absence par la même occasion ? Je me suis tournée vers elle et j'ai vu que Babe la regardait aussi. Mais Tiffany était captivée par l'intervention du Shérif, et elle n'était pas assez maligne pour faire semblant. Donc, elle ne savait rien.

« Très bien, les filles, a repris le Shérif. Je ne peux dire que je sois surpris. Déçu, oui, mais pas surpris. Vous avez besoin d'un petit encouragement, je vois. Je vous annonce donc qu'à partir de maintenant, vous êtes toutes rétrogradées au niveau inférieur. »

Un cri de protestation s'est élevé parmi les pensionnaires.

Le Shérif a répondu par un rugissement. « Taisez-vous ! Vous avez raison, ce n'est pas juste, mais nous sommes une grande famille et chacune est responsable des actes des autres. Or l'une d'entre vous a violé le règlement. Vous pouvez vous sortir de cette situation. Certaines savent ce qui s'est passé, j'en suis persuadé, car la coupable a bénéficié de complicités. Vous avez une semaine devant vous. Si vous la dénoncez d'ici là, vous retrouverez votre niveau. Sinon, vous êtes rétrogradées. C'est clair ? »

Un gémissement a de nouveau parcouru les rangs. Quelques filles se sont mises à pleurer. Je devais tirer mon chapeau au Shérif. Il était plus fin que je ne l'aurais pensé. Et son plan fonctionnait, car si je savais que les Sœurs ne me laisseraient pas tomber, je ne pouvais accepter que tout le monde soit rétrogradé. Prenant une profonde inspiration, j'ai fait un pas en avant.

« Ce ne sera pas nécessaire, monsieur Austin, a lancé V d'une voix forte en fendant la foule en direction du Shérif. C'est moi qui suis allée à Saint George », a-t-elle poursuivi, tandis que Babe me retenait par le col de ma chemise.

On aurait entendu une mouche voler.

« Larson ! Je ne suis pas vraiment surpris, a dit le Shérif. Rendez-vous dans mon bureau, ma fille. Les autres retrouvent leur niveau, mais que ce soit clair : si une autre fait le mur, je vous assaisonne toutes. Vous feriez bien de vous surveiller mutuellement, pour éviter que ce genre de manquement ne se reproduise. Et maintenant, filez prendre le petit déjeuner. »

Les filles se sont dirigées vers le réfectoire dans un brouhaha excité. Au moment où mon groupe est passé devant lui, le Shérif nous a interpellées. « Howarth, Wallace, Jones, Hemphill, vous venez ici. » Babe, Martha, Cassie et moi avons obéi. « Ne croyez pas que je n'aie pas remarqué votre petit club, a-t-il craché. Je sais très bien que dans cette affaire aucune d'entre vous n'est innocente. Alors, je vous préviens, j'ai l'œil sur vous. Au moindre faux pas, je vous tombe dessus. Et maintenant, filez, je ne veux plus vous voir ! »

Nous avons gagné le réfectoire en silence. Autour de nous, les autres pensionnaires bavardaient avec animation. « C'est incroyable qu'elle ait fait quelque chose d'aussi stupide, disait une fille du niveau trois.

— Ben oui, renchérissait une autre, elle est au niveau six et elle allait sortir. Pourquoi tout gâcher ? »

C'était la question que je me posais moi-même.

Dans le couloir, je l'ai aperçue devant la porte du bureau du Shérif, l'air fragile entre deux vigiles. Elle essayait d'accrocher mon regard, dans le but de me faire passer l'un de ses messages mystérieux. Elle voulait que je lui montre qu'il était bien reçu, je le savais. Je savais aussi que je devais le faire. Que je devais lui être reconnaissante, car elle m'avait tirée d'un mauvais pas en se dénonçant à ma place. Mais j'étais incapable de la regarder, incapable d'éprouver de la gratitude à son égard. J'étais furieuse.

17.

« Tu vas laisser ton lit dans cet état ? m'a demandé Missy.

— Dans quel état ?

— Il n'est pas fait au carré.

— Tu plaisantes ?

— Pas du tout. Respecter son environnement, c'est se respecter soi-même.

— Ça tombe bien. Je n'ai aucun respect pour moi-même.

— Tu te crois drôle !

— Le sens de l'humour est une manifestation de l'autodépréciation. » Sur ces mots, je l'ai plantée là, en laissant mon lit mal fait.

De toutes les calamités que les Sœurs avaient à affronter, Missy était l'une des pires. Deux jours après mon escapade, le lendemain du jour où V a perdu son statut d'élève de niveau six, le Shérif a commencé à mettre sa menace à exécution. Lors de l'appel, l'une des éducatrices m'a informée que désormais je ne partagerais plus la chambre de Babe et de Martha. Après le dîner, on m'a conduite vers une autre aile du bâtiment. Mes affaires m'attendaient déjà sur place. J'ai alors découvert ma nouvelle compagne de chambre :

Missy, la fierté de Red Rock, celle qui semblait le plus atteinte par le syndrome de Stockholm. Ses parents l'avaient placée dans l'établissement parce qu'elle avait séché deux ou trois fois les cours pour fumer quelques joints et, dès ce moment, elle avait accompli un virage à trois cent soixante degrés et elle était devenue une élève modèle. Quand des parents venaient visiter Red Rock avant d'y envoyer éventuellement leur fille, c'était Missy que le Shérif chargeait de leur vanter les mérites de l'école qui l'avait remise dans le droit chemin. Sur la vidéo promotionnelle, sur les brochures documentaires, Missy était présente.

Pendant que je déballais mes affaires, Missy m'a observée, les yeux plissés, comme si elle essayait de les radiographier. Et quand je suis allée me laver les dents dans la salle de bains, elle m'a suivie.

« Ça te dérange ? ai-je demandé.

— Oui, ça me dérange que tu n'aies fait aucun progrès depuis six mois que tu es ici. Ça me dérange que tu refuses d'en faire. Et ça me dérange que tout le monde ait perdu du temps à cause de toi. Mais à partir de maintenant, je vais m'occuper de toi. »

Je l'ai regardée, interloquée. Parlait-elle sérieusement ? Apparemment, oui.

Les autres Sœurs étaient dans la même galère. On avait mis Babe dans une chambre avec une fille du niveau six nommée Hilary, une autre élève modèle, copine de Missy. Si j'avais toujours Missy sur les talons, Hilary ne lâchait pas non plus Babe d'une semelle. Cassie avait été déplacée, elle aussi, ce qui était absurde puisque V n'était plus dans sa chambre. Et entre V et Martha, il était difficile de dire laquelle avait le sort le plus pénible. Martha partageait toujours sa chambre avec Tiffany, mais Tiffany, récemment promue au niveau six, usait et abusait de son nouveau pouvoir. Et V ? Généralement, quand on redescendait au niveau un pour faute, on passait quelques jours à l'isolement avant d'entamer la longue remontée des niveaux, mais il y avait maintenant trois semaines que V était dans sa petite pièce, en pyjama et sans chaussures. Les autorités la punissaient pour la faute que j'avais commise. Quant à moi, au lieu de la plaindre ou de la remercier, j'étais toujours très en colère après elle.

*
* *

« Je t'avais pourtant prévenue au sujet de Virginia Larson », m'a dit Clayton au cours de la séance qui a suivi mon escapade. Elle affichait cet air satisfait qui me donnait envie de lui balancer quelque chose dans la figure.

« Effectivement », ai-je répondu, dans l'espoir de clore le sujet. Mais elle ne s'est pas arrêtée en si bon chemin.

« Je t'avais dit qu'elle avait une mauvaise influence sur toi et que le simple fait de la fréquenter risquait de te nuire. Parfois, les actes d'autrui déteignent sur nous et nous devons en subir les conséquences. Tu dois maintenant accepter d'être responsable de l'irresponsabilité de V. Tu ne trouves pas qu'il y a là quelque chose d'ironique, Brit ? »

C'était beaucoup plus ironique qu'elle ne le pensait, mais je me suis bien gardée d'approuver, même si, pour une fois, j'étais d'accord avec elle. J'étais à peu près certaine qu'elle connaissait la vérité et qu'elle essayait de me sonder. Le Shérif, pour sa part, n'y allait

130

pas par quatre chemins. Chaque fois que je le croisais, il pointait deux doigts sur ses yeux, puis sur moi, et s'exclamait : « Je te surveille, Hemphill. J'attends ton premier faux pas. »

Dans ces conditions, la vie à Red Rock était franchement déprimante. Heureusement, il y avait Jed. Moins d'une semaine après le concert, j'ai reçu une lettre de lui.

Chère Brit,

Comment vas-tu ? J'espère que tu vas bien et que tout se passe sans problème à l'école. Sinon, j'en aurais sans doute entendu parler. Tu es intelligente et je te fais confiance pour bien évoluer.

Ici, pas grand-chose de nouveau depuis ma dernière lettre. Le printemps est là et nous avons eu quelques journées magnifiques. Bien sûr, la température est encore basse, mais cela n'empêche pas les étudiants de se balader en short et en sandales. Moi, je suis bien au chaud dans ma veste en daim préférée. Elle sent tellement bon !

Oncle Claude est rentré de tournée et il est ravi de son passage en Utah. Apparemment, le concert a reçu un très bon accueil et Claude a eu le temps de visiter les parcs nationaux de la région. Un moment inoubliable, d'après lui. Il m'a dit de te dire que Zion est le plus bel endroit qu'il connaisse et qu'il aimerait t'y emmener quand tu auras passé tes examens.

Je suis en forme et ma santé est bonne, à part une rougeur sur le cou que mes collègues, en plaisantant, ont trouvée très ressemblante à un suçon, figure-toi ! !

Beaucoup de travail en ce moment. J'ai plein de rapports à rédiger, aussi ne m'en veux pas de ne pas t'écrire plus longuement. Si je devais écrire tout ce que mon cœur a à te dire, cela me prendrait des jours entiers.

Je le résumerai donc par ces mots : tu me manques.
Papa

Waouh ! Je mourais d'envie de réunir les Sœurs et de leur raconter ce qui s'était passé, mais c'était impossible. En classe, Martha et moi étions obligées de nous asseoir à deux extrémités de la salle. Nous étions donc dans l'incapacité de nous transmettre des billets et, quand nous étions en groupe, je ne pouvais même pas m'installer à côté de Babe sans que Hilary ou Missy viennent se glisser entre nous.

Il y avait maintenant plusieurs semaines que j'étais sans contact avec mes amies et je commençais à avoir le moral dans les chaussettes. Pour éviter de sombrer dans une véritable dépression, je me repassais le film de ma nuit avec Jed, dont je revivais chaque instant. Et au moment où je pensais que la vie à Red Rock ne pouvait être pire, Clayton s'est livrée à l'un de ses abominables petits jeux de psy.

« Je vais bientôt avoir des nouvelles de ta mère, alors prépare-toi », m'a-t-elle annoncé à la fin d'une séance.

Mis à part les tentatives occasionnelles de Clayton pour me pousser à aborder le sujet, nous n'avions guère parlé de ma mère. À vrai dire, il y avait des années que personne n'avait parlé d'elle avec moi. Papa ne l'avait pas fait et le Monstre encore moins. Même grand-mère avait cessé de l'évoquer. C'était un peu comme si elle était morte, même si nous savions qu'elle était toujours de ce monde. Au début, quand elle nous avait quittés, j'avais sursauté chaque fois que le téléphone sonnait.

Et puis, au bout de quelques mois, j'avais cessé d'espérer qu'elle appellerait.

« Des nouvelles ? Quelles nouvelles ?

— Je n'ai pas le loisir d'en discuter avec toi dès maintenant.

— Comment ça, pas le loisir ? Enfin, c'est ma mère !

— Je suis en vacances la semaine prochaine. Nous en parlerons à mon retour.

— Dans ce cas, pourquoi me l'avoir dit ? Ça vous plaît de me torturer ? »

Elle a souri. « Non, ça ne me plaît pas de te torturer. Je te l'annonce à l'avance parce que je veux que tu y réfléchisses, que tu ne sois plus fermée comme une huître. »

Il me faudrait donc attendre quinze jours. J'aurais pu interroger mon père, mais, s'il avait des informations, pourquoi ne m'avait-il rien dit, *lui* ? Dans ses lettres, il se concentrait sur les dernières bêtises de Billy et sur mon carnet de notes. Dire qu'on m'accusait d'être dans le déni ! La coupe était pleine. Il fallait que je parle aux Sœurs. Dans l'après-midi, alors que nous étions en groupe, j'ai passé un billet à Babe.

Babe,
Faut qu'on se voie. Il se passe plein de trucs :
Clayton, Jed – et ma mère. Je deviens folle à force de
ne pouvoir parler. Folle tout court. Au secours !
Cendrillonnette

Cendrillonnette,
Meurs d'envie d'un pow-wow avec la tribu. Tu peux
te libérer ce soir ?
Babe

133

Babe,
Ouiii ! J'ai la clef.
Cendrillonnette

Cendrillonnette,
Super. Tu préviens Martha ? J'avertis Cassie. V toujours à l'isolement ! ☹
Babe

*
* *

« Je la hais, vous vous rendez compte de sa cruauté ? » Je venais de raconter aux Sœurs ma dernière conversation avec Clayton.

« Oui, c'est la pire, a approuvé Babe. Elle guette la moindre faiblesse pour pouvoir fondre sur sa proie. Elle me ressasse que si je couche à droite, à gauche, c'est parce que je crois que personne ne peut m'aimer, et, au lieu de me démontrer que j'ai tort de penser ça, on dirait qu'elle est d'accord ! Cette nullarde est jalouse, oui. Je suis sûre qu'elle ne s'est pas fait baiser depuis qu'on est venues au monde.

— Qu'est-ce que je devrais dire, alors ? a gémi Martha. Elle me raconte que je grossis pour embêter ma mère. D'après elle, tout ce que je fais, c'est pour punir mes parents.

— Pareil pour moi. » Le ton de Cassie était calme. « À son avis, j'ai mal tourné parce que j'étais furax contre mes vieux. »

Babe a frissonné. « On arrête de parler de cette sale vache, mes chéries. Quoi d'autre ? Vous êtes contentes

134

de vos gardes du corps ? Comment va notre délicieuse Tiffany ?

— Elle est horrible, a répondu Martha. J'ai l'impression qu'elle se défoule sur moi. Je me demande ce que je lui ai fait. Elle surveille même ce que je mange et comme ce genre de boulimique connaît tous les trucs, je ne peux plus cacher de la nourriture dans mes socquettes.

— Je compatis, Martha. » Babe a poussé un soupir. « Moi, je suis surveillée par une sorte de mormone, qui pratique le "on tue, mais en douceur". Franchement, je me demande comment Hilary a atterri à Red Rock, vu son faible niveau de délinquance. Rendez-vous compte, elle est vierge. Elle m'a même gratifiée d'un plaidoyer pour la chasteté et elle me tanne pour que je retrouve ma virginité. Dites, vous pourriez lui expliquer qu'une fois qu'on l'a perdue, c'est définitif ?

— Je suis vierge », a déclaré Martha.

Cassie a hoché la tête. « Moi aussi, je suppose, du moins sur le plan technique.

— Aucune importance, a repris Babe. Ce que je veux dire, c'est qu'elle est comme un chevalier blanc et mes piques ne peuvent entamer son armure. Bon sang, je crois que je suis échec et mat.

— Ça m'étonnerait, ai-je dit.

— Tout est affreusement moche, maintenant, a gémi Martha. V n'est plus là. On doit se cacher pour tout. Le Shérif m'a obligée à participer à ses marches forcées et maintenant, je dois me taper toutes les semaines des sorties de vingt-quatre heures. Alors, je compte sur toi pour nous raconter de jolies choses, Brit. Parle-nous de Jed. »

Et c'est ce que j'ai fait. J'ai parlé à mes amies de ma nuit au clair de lune et de la lettre que Jed venait de m'envoyer.

135

« C'est tellement romantique, tu as un petit ami !
s'est exclamée Martha, les yeux au ciel.

— Oui, a approuvé Cassie, des rendez-vous secrets,
des lettres d'amour déguisées... C'est Roméo et
Juliette.

— Je ne sais pas si Jed est mon petit copain, mais
c'est grâce à lui que je tiens le coup ici. Et grâce à
vous, bien sûr.

— Pareil pour moi, mes chéries. Ayons une pensée
pour V. Si c'est moche pour nous, imaginez ce que ça
doit être pour elle. Trois semaines à l'isolement !

— C'est une punition cruelle, a dit Cassie. Inhabi-
tuelle, aussi. »

Martha m'a considérée. « Elle a fait tout ça pour toi,
pour que tu puisses être avec Jed. Tu lui en es très
reconnaissante, je suppose. »

J'ai hésité un instant avant de répondre. « Oui. »

Mes amies se sont tournées vers moi, comme si elles
s'attendaient à ce que j'en dise plus.

« J'ai senti un "mais", a déclaré Babe.

— Pas du tout. C'est juste qu'elle a fait quelque
chose d'exceptionnel et que je trouve ça un peu bizarre.
Pas vous ?

— Tu trouves bizarre qu'elle se soit dénoncée à ta
place ?

— Eh bien, oui. Elle allait pouvoir sortir et... C'est
curieux, d'autant plus que ce n'est pas la première fois
qu'elle agit ainsi.

— Le plus curieux, je trouve, c'est que tu n'aies pas
plus de gratitude, a dit Babe d'un ton glacial.

— La question n'est pas là. Je ne sais comment
l'expliquer, mais...

— Elle était là pour toi, Brit, a dit Martha.

— Oui, tu sais, pour faire fuir le monstre, comme dans ta chanson, Brit. » Cassie me regardait comme si je l'avais terriblement déçue.

J'ai pris mon élan. « Écoutez, je ne diminue pas ce qu'a fait V. Je trouve horrible ce qui lui arrive, et je m'en sens même responsable. C'est moi qui devrais être enfermée, pas elle.

— Dans quelques mois, V aura dix-huit ans, a expliqué Cassie. Elle s'est sans doute dit qu'elle serait dehors avant toi si tu devais être rétrogradée au niveau un. C'est une fille intelligente. Elle a ses raisons.

— Rappelle-moi de ne jamais te rendre service, Brit, a dit Babe.

— Ce n'est pas juste, Babe. D'ailleurs, tout cela ne te concerne pas, alors arrête de jouer les garces.

— Parce que c'est moi qui suis une garce ! Par-dessus le marché, ça me concerne, figure-toi, car V est mon amie.

— Et moi pas, c'est ça ? »

Martha s'est interposée. « S'il vous plaît, arrêtez de vous disputer. Je crois entendre mes parents.

— Oui, les deux panthères, mettez une sourdine ! » a ordonné Cassie.

Babe et moi sommes restées à nous regarder d'un œil noir, les bras croisés sur la poitrine, pendant que Cassie et Martha continuaient à bavarder. Il était bientôt trois heures du matin. J'ai regagné ma chambre le cœur encore plus serré. J'avais déjà mal à cause de maman. Et maintenant V et Babe.

18.

Ces deux semaines furent sans doute les plus longues de ma vie. Aucune nouvelle de maman. Et plus de réunion avec les Sœurs. V a fini par quitter le niveau un, mais chaque fois que je l'apercevais, elle était suivie comme son ombre par deux filles du niveau six ou une éducatrice. Babe ne daignait même plus m'accorder un regard. Martha subissait un régime strict de marches forcées et Cassie était toujours fourrée avec sa nouvelle compagne de chambre, Laurel. Pas de lettre de Jed. Pas de distractions.

Lorsque Clayton est revenue, sans avoir le visage reposé ni arborer le moindre bronzage, je me suis montrée polie. Je lui ai demandé si elle avait passé de bonnes vacances et je l'ai interrogée sur ma mère.

Elle s'est appuyée au dossier de sa chaise et a fait tourner son crayon entre ses doigts, puis elle a ajusté la manette de l'air conditionné et aligné ses blocs-notes sur son bureau. Elle a ensuite ouvert un dossier, dont elle a extrait une lettre. J'ai reconnu l'écriture de ma grand-mère. Il y avait du ruban adhésif au dos de l'enveloppe et j'ai su qu'elle avait été ouverte. Le cachet était celui de Monterey, Californie. La lettre avait été postée presque un mois plus tôt.

« Vous avez gardé cette lettre quatre semaines ?

— J'ai estimé que tu n'étais pas prête à la lire.

— Ce n'est pas ce que vous avez dit. Vous avez dit que vous n'aviez pas le loisir de me la remettre.

— D'accord. Je n'en avais pas le loisir. Et maintenant, je l'ai. » Elle m'a regardée fixement, pour ne pas perdre une miette de ma réaction quand j'ouvrirais la lettre. Mais j'ai glissé l'enveloppe dans ma poche.

« Tu étais pourtant bien impatiente de l'avoir, la dernière fois, m'a-t-elle déclaré, l'air surpris. J'aurais cru que tu allais la lire tout de suite.

— Je n'ai pas envie de gâcher la séance et le contenu de la lettre ne va pas disparaître. » J'ai accompagné ces paroles d'un sourire en coin. Pendant le reste de notre entretien, j'ai senti la lettre qui brûlait ma poche. Et dès que je suis sortie, je me suis précipitée aux toilettes, où je pouvais la lire tranquillement.

Ma chère petite Brit,

Comment vas-tu ? Bien, j'espère. Tu sais, je me fais beaucoup de souci pour toi. Ton père m'a dit que tu étais dans une école spéciale, qu'il y avait eu des problèmes, mais je n'arrive pas à le croire. Pas toi, ma petite fille. Tu as toujours eu la tête sur les épaules et je sais que si quelque chose ne va pas, tu vas t'arranger pour que ça fonctionne.

As-tu assez chaud, là-bas dans ton Utah ? Est-ce que tu manges suffisamment ? Je peux t'envoyer quelques barres de céréales ? J'aimerais venir te voir. Je peux même venir en avion, j'ai l'habitude de l'avion maintenant, car ces temps-ci je l'ai pris assez souvent. Figure-toi que je suis allée plusieurs fois à Spokane pour... devine... voir ta mère.

J'aurais sans doute dû t'en parler plus tôt, mais je ne voulais pas te créer de faux espoirs. Il y a un an, j'ai cessé d'avoir des nouvelles de Laura. J'ai passé bien des nuits blanches en imaginant le pire et puis j'ai fini par engager un détective privé pour la retrouver. Ce bonhomme était un charlatan, il m'a pris très cher pour ne rien faire. Alors, après Noël, j'en ai engagé un autre, un ex-policier de Los Angeles. Il a retrouvé ta mère en moins de temps qu'il n'en faut pour le dire. Elle vivait dans un foyer pour SDF à Spokane, État de Washington.

Aussitôt, je me suis rendue sur place. J'espérais qu'elle viendrait vivre avec moi, ou même se faire soigner dans une clinique que j'avais trouvée à Santa Barbara. Mais surtout, j'avais envie de la serrer dans mes bras, pour m'assurer qu'elle allait bien.

D'après ce que j'ai compris, elle vivait depuis plusieurs mois dans ce foyer, qui est une sorte de maison d'accueil. Elle est en bonne santé, physiquement parlant, mais sur le plan mental, ce n'est pas terrible. C'est d'ailleurs pour ça que je ne t'ai pas informée plus tôt de ma visite. Je ne savais comment te dire les choses. Ta mère est toujours très agitée. Un jour elle me reconnaît, le lendemain elle ne réagit pas. Je lui ai montré une photo de toi et elle s'est aussitôt figée et n'a plus prononcé un mot. Je me demande ce qui se passe dans sa tête, mais tu ne dois pas prendre personnellement la manière dont elle se comporte. Ta mère souffre d'une maladie mentale, mais je sais au fond de moi qu'elle t'aime toujours autant qu'avant.

Il y a quand même des éléments positifs. Elle s'est fait un petit réseau de ce que l'on peut appeler des amis et ça la protège. Des travailleurs sociaux sont attachés au foyer et il y a donc toujours quelqu'un pour veiller sur elle. La première fois que je suis allée la voir, j'ai essayé de la persuader de regagner la Californie avec moi, de prendre rendez-vous dans un hôpital, mais elle a refusé. En rentrant, j'étais bien décidée à la faire venir de force et puis j'ai réfléchi. Au fond, elle a trouvé une certaine stabilité dans sa vie actuelle. On s'occupe d'elle, d'une certaine manière, et c'est déjà mieux que rien. Elle refuse toujours de se soigner et s'imagine que les médecins sont ligués contre elle, mais peut-être que plus tard, si je reste en contact étroit avec elle, je réussirai à la faire changer d'avis.

J'ai donc l'intention d'aller passer l'été à Spokane, pour être proche de Laura et tenter de gagner sa confiance et de trouver le moyen de l'aider. Il y a tant de nouveaux médicaments qui pourraient lui faire du bien. Gardons espoir, toi et moi. Laura ne redeviendra sans doute jamais la femme que nous avons connue autrefois et il faudra sans doute des années pour qu'elle s'en rapproche. Mais il faut essayer, cela en vaut la peine.

Tout cela est bien pénible, ma petite fille, et je sais combien c'est dur pour toi. Je sais que tu es passée par des moments difficiles. Comme ton père. Maintenant que je suis devenue tutrice légale de ta mère, je prends la mesure de cette lourde responsabilité. N'en veux pas à ton père de ce qu'il t'a fait. Il l'a fait par amour, je le comprends maintenant.

Toute mon affection, ma chérie. Prends soin de toi.

Grand-mère

« J'ai entendu dire qu'on avait retrouvé ta folle de mère errant dans les rues au Canada », m'a lancé le lendemain Missy. Nous étions en thérapie confronta-tionnelle et – coïncidence – j'étais au milieu du cercle. Le Shérif menait les opérations, comme il semblait tou-jours le faire ces derniers temps.

« Spokane se trouve dans l'État de Washington, ai-je rétorqué. Révise un peu ta géographie. Comment l'as-tu appris ?

— On me l'a dit.

— C'est Clayton ? » Bonjour le secret professionnel.

« Aucune importance. On est là pour t'aider à avancer, a-t-elle répondu avec son air éternellement compatissant. Dis-nous ce que tu éprouves. »

Le Shérif est intervenu. « Elle a raison, Hemphill. Avoue ce que tu ressens. »

J'ai fait face à Missy. « Qu'est-ce que tu sais ?

— Ta grand-mère a recherché ta mère et l'a retrouvée. Elle vivait comme... comme une SDF dérangée du cerveau.

— Maman est une rebelle comme sa fille, a commenté le Shérif.

— Qu'est-ce que vous savez de ma mère, l'un et l'autre ?

— Je sais qu'elle est restée dans le déni de sa maladie jusqu'à ce qu'il soit trop tard, a répondu Missy.

— Ferme-la. »

Le Shérif a poussé une exclamation. « Tiens, on dirait qu'on a touché un point sensible !

— Si tu refuses de suivre le programme, a renchéri Missy, tu vas finir comme elle.

— Tu ignores tellement de choses que je n'aurais pas assez de toute mon existence pour te les expli-quer. » Je parlais d'une voix calme, mais je bouillais intérieurement. « Et je préfère finir comme ma pauvre maman que de vivre un seul instant dans la peau d'une conformiste trouillarde et lèche-cul comme toi ! »

Tout le monde a éclaté de rire, y compris le Shérif, qui n'aimait rien tant que de voir des filles s'étriper. Missy est devenue blême et elle s'est tue. Mais quand elle a accroché mon regard, elle a articulé en silence : « Toi, je t'aurai. »

19.

Je n'ai pas pu fermer l'œil de la nuit. Trop d'émotions à la fois : maman, papa, Missy, Babe, V. Alors j'ai réfléchi à la lettre que je pourrais adresser à Jed. Depuis quelque temps, je lui écrivais beaucoup en imagination. J'avais reçu un autre petit mot de lui avec des lucioles dessinées un peu partout sur la feuille, mais je n'avais pas pu faire poster la réponse en douce.

Quand je lui écrivais dans ma tête, je lui confiais tout ce que je ressentais, des choses que je n'aurais pas osé lui écrire, ni lui raconter face à face. Je lui disais à quel point la nuit que nous avions passée ensemble comptait pour moi. Je lui expliquais qu'en jouant avec le groupe, j'avais eu l'impression que les notes avaient emporté une partie de ma souffrance et que mon amour de la musique et mon amour pour lui étaient intimement mêlés. Je lui décrivais ma querelle avec Babe et le sentiment bizarre que m'inspirait V. Et parfois, quand je tardais beaucoup à trouver le sommeil, je lui confiais ma plus grande crainte, la peur de ne plus être en mesure de quitter Red Rock et de ne pouvoir être auprès de lui comme une fille normale, de n'être jamais une fille normale. De finir moi aussi par être cinglée. Pas le genre qu'on appelait cinglée ici, autrement dit les filles qui se scarifiaient, se faisaient vomir ou séchaient les cours. Non, le genre qui entend des voix dans sa tête. Le genre de ma mère.

J'étais encore en train de parler à Jed lorsque le soleil a filtré à travers les volets. Après une nuit d'insomnie, il était particulièrement pénible de travailler dans la carrière. Je me suis traînée jusqu'à la douche en me disant que la journée allait être rude. Et encore, c'était avant que je ne découvre V accroupie dans un coin de la cabine.

« Chut, ne crie pas ! m'a-t-elle intimé en me voyant sursauter.

— Comment t'es entrée ? ai-je chuchoté.

— D'après toi ?

— Tu es pourtant toujours au niveau deux, non ?

— Oui, mais les filles du niveau deux aussi ont besoin de se doucher. » V a pointé l'index en direction du vestiaire, où la fille qui la surveillait attendait.

« Et comment as-tu su que je serais dans cette cabine ?

— Tu utilises toujours la deuxième, Brit. Pour une rebelle, tu as des habitudes.

— Est-ce que ça va ? On se fait un sang d'encre en pensant à toi. Tu dois devenir folle à l'isolement.

— Ce n'est pas une partie de plaisir, mais j'ai connu pire.

— Tu ne pourrais pas dire au Shérif que tu es prête à affronter tes problèmes ?

— J'ai bien peur que ça ne marche plus à la quatrième fois », a-t-elle répondu avec un sourire moqueur, avant de poursuivre sur un ton acide : « J'espérais que les copines viendraient me voir.

— Ça n'a pas été facile pour nous. On est sous surveillance.

— On peut toujours y échapper. »

J'ai haussé les épaules. « C'est toi qui connais les astuces, V. Comment pouvait-on faire ?

— À vous de vous débrouiller.

— Tu veux dire que je dois prendre des risques pour aller te voir à cause de ce que tu as fait pour moi ? »

V a d'abord eu l'air authentiquement surprise, puis j'ai vu que je l'avais blessée, et je me suis sentie toute bête. « Tu ne me dois rien, Brit, a-t-elle murmuré. Il n'y a pas de dettes entre nous. » Elle semblait sincère, mais, pour moi, il y avait bien entre nous une dette, une énorme dette, et j'allais devoir rendre à V quelque chose que je n'avais pas sollicité. « Ne t'en fais pas, a-t-elle poursuivi. Ton cadeau de Noël m'a simplement coûté un peu plus cher que prévu, mais j'étais heureuse de te l'offrir. Est-ce que ta nuit avec Jed a été belle ?

— Magnifique. » Je souriais rien qu'en y pensant.

« Alors, tu vois, cela valait la peine.

— Pour moi, pas pour toi, V.

— C'est à moi de le décider. Tu m'en veux, ou je rêve ?

— Tu rêves, ai-je menti. Simplement, je me sens coupable. »

Elle a poussé un profond soupir. « Brit, la culpabilité ne sert à rien. Ne gâche pas ton énergie avec ça. » Elle m'a adressé un petit signe de tête, puis s'est glissée dans la cabine de douche voisine et a ouvert les robinets.

L'après-midi a été l'un des plus solitaires que j'aie connus à Red Rock. Pourtant, avec le retour de la chaleur, les éducatrices s'étaient repliées vers le patio, où elles buvaient du Coca-Cola en feuilletant des magazines. J'aurais pu parler avec mes amies, mais Martha devait être en randonnée, Cassie travaillait à côté de sa

146

nouvelle compagne de chambre et Babe continuait à me battre froid. J'ai donc empilé mes briques toute seule dans mon coin en repensant tristement à ma conversation avec V. La sueur ruisselait sur mon visage et personne n'a donc remarqué les larmes qui coulaient sur mes joues.

*
* *

Trois semaines encore se sont écoulées avant que Babe ne rompe le silence entre nous par une proposition de paix. Elle s'est approchée de moi dans la carrière, prête à signer l'armistice.

« Je commence à trouver cette guéguerre barbante, Brit, a-t-elle déclaré. Est-ce qu'on pourrait arrêter de se faire la tête ? »

Ni excuses, ni « ma chérie », ni « tu m'as manqué ».

« C'est toi qui as entamé les hostilités, Babe.

— Évitons d'en parler, je viens de te dire que ça me rase. J'ai quelque chose de beaucoup plus marrant en rayon. Viens. »

Je l'ai suivie jusqu'à l'endroit où Cassie empilait des briques à côté de la fille qui partageait sa chambre. « Brit, a lancé Babe, je te présente Laurel. Laurel, je te présente Brit. » Laurel était une toute petite chose, plus fragile encore que Babe. Elle avait des cheveux noirs coupés court avec une frange et de magnifiques yeux noisette. Nous nous sommes saluées.

« Laurel est la nouvelle camarade de chambre de Cassie, a repris Babe. Une camarade spéciale.

— Pardon ? » Je me demandais ce qu'elle était en train d'insinuer devant Laurel. Cassie, pour sa part, était devenue écarlate et contemplait fixement le sol.

« Normalement, quand on te donne une nouvelle camarade de chambre, c'est pour te punir. Alors là, comme punition, c'est réussi ! »

J'ai regardé Laurel, qui restait impassible.

« En clair, ils ont mis Cassie avec une lesbienne ! a lâché Babe.

— Je préfère le terme "homosexuelle" », a corrigé Laurel.

Babe a éclaté d'un rire si sonore que Cassie a dû lui couvrir la bouche avec sa main.

« Mais les imbéciles qui dirigent cette boîte ignorent visiblement mes préférences sexuelles, a poursuivi Laurel.

— C'est pas génial ? a dit Cassie. La mère de Laurel l'a placée ici parce qu'elle a fait une fugue à San Francisco quand elle avait quinze ans. Mais la raison de sa fugue, c'est qu'elle avait peur de montrer ses vrais penchants dans une petite ville dont le lycée compte moins de deux cents élèves. Exactement comme moi.

— J'ai fugué parce qu'on me l'a conseillé, a expliqué Laurel. Quand j'ai senti que je ne pouvais plus garder le secret, j'ai appelé le service d'écoute des jeunes homosexuels pour leur demander comment faire. Mes parents sont très croyants, très conservateurs. Le charmant garçon gay qui était à l'autre bout du fil m'a conseillé d'attendre jusqu'à ce que je me trouve dans un environnement, disons, plus ouvert. »

Cassie avait l'air très admiratif. « Du coup, elle est partie pour San Francisco dès le lendemain !

— Le jeune homme ne m'a pas dit combien de temps je devais attendre, n'est-ce pas ?

— Et ta mère n'avait aucune idée de ce qui se passait ? » ai-je demandé.

Cassie a répondu à la place de Laurel. « Aucune. Sa mère l'a retrouvée et l'a ramenée à la maison, mais Laurel s'était tellement amusée à San Francisco qu'elle a recommencé. Sa mère l'a de nouveau retrouvée, et cette fois, elle était accompagnée d'un vigile de Red Rock.

— Et là encore personne ne s'est douté des raisons de ta fugue, Laurel ?

— S'ils nous ont mises dans la même chambre, on peut penser que non ! » Laurel s'est tournée vers Cassie avec un sourire radieux avant de poursuivre : « Rendez-vous compte, c'est le bonheur !

— Est-ce que vous êtes en couple toutes les deux ? » a interrogé Babe avec son tact habituel.

Cassie a répondu. « Non, nous ne sommes pas en couple, mais à part la fille que j'avais rencontrée sur la plage, Laurel est la première homosexuelle que je connaisse.

— Une personne sur dix est homosexuelle, tu sais, a précisé Laurel. Disons plutôt que je suis la première personne dont tu n'ignores pas l'homosexualité. »

Je me suis tournée vers Cassie. « Tu ferais très bien dans la brochure de Red Rock. Genre : "Quand je suis arrivée ici, j'étais mal dans ma peau, je ne savais pas où j'en étais de ma sexualité. Et puis ils ont mis une lesbienne dans ma chambre et tous mes problèmes ont disparu." »

Babe souriait. « C'est presque trop beau. Il faut que je raconte ça à Martha, ça lui remontera le moral. Quelqu'un l'a vue ? »

Cassie l'avait aperçue un peu plus tôt dans la matinée. Martha partait pour l'une de ces marches destinées à forger le caractère que le Shérif affectionnait tant.

« La pauvre, avec cette chaleur ! s'est exclamée Babe.

— Ouais, un soleil à cuire à point un cow-boy », a approuvé Cassie.

Laurel a eu un petit rire. « J'adore quand tu parles en Texane, a-t-elle murmuré.

— Eh bien, je vois que Brit n'est pas la seule à pouvoir remercier notre chère V de ce qu'elle a fait », a déclaré Babe en me jetant un coup d'œil oblique.

— Ne recommence pas, Babe ! l'ai-je prévenue, les sourcils froncés.

— Vaut mieux se séparer maintenant, les filles, s'est hâtée de déclarer Cassie. Avant que les éducatrices ne s'intéressent à nous.

— Alors, *ciao, ciao* », a lancé Babe sur un ton léger en s'éloignant.

Laurel et Cassie l'ont suivie, et je me suis retrouvée seule, une fois de plus.

20.

« Alors, tu es prête à parler de la lettre de ta grand-mère ? m'a demandé Clayton.

— Qu'est-ce que je devrais en dire ?

— Pas mal de choses. Tu commences à me fatiguer, Brit.

— Ma mère va bien, elle vit à Spokane. C'est une bonne nouvelle.

— Tu trouves ?

— Tout est relatif, mais elle est vivante, c'est l'essentiel. »

Clayton a gloussé en agitant son crayon, comme si j'avais dit quelque chose de drôle.

« Qu'est-ce qu'il y a ? » ai-je demandé.

Cette fois, elle a hoché la tête. « C'est tellement évident. Dans sa lettre, ta grand-mère dit que ta mère refuse de se faire soigner, parce qu'elle a peur que... attends, que je retrouve les termes exacts... » Elle s'est mise à fouiller dans mon dossier, dont elle a extrait une photocopie de la lettre. « Voilà... Ta mère "s'imagine que les médecins sont ligués contre elle". N'est-ce pas le sentiment que tu éprouves toi-même ?

— Ce n'est pas parce qu'on est parano qu'on n'est pas persécuté, ai-je rétorqué.

151

— Pardon ?

— Ce sont les paroles d'une chanson. Écoutez, au contraire de ma mère, je ne me figure pas que vous voulez m'empoisonner ou m'enlever pour me planter des électrodes dans le cerveau, si c'est ce que vous insinuez.

— Non, ce n'est pas ce que j'insinue, Brit. Tu prends tout au pied de la lettre. J'essaie simplement de te faire voir en quoi tu ressembles à ta mère. »

J'ai respiré un bon coup. « Vous n'arrêtez pas de me dire ça. Au lieu de tourner autour du pot, vous feriez mieux de me demander directement si j'ai peur de devenir folle moi aussi.

— D'accord, je te pose la question, même si c'est un peu brutal.

— Vos parents sont-ils toujours en vie, docteur Clayton ? »

Elle a tiqué. « En quoi est-ce que ça te regarde ? »

Comme elle avait au moins cinquante ans, je me disais qu'ils n'étaient peut-être plus de ce monde.

« Votre mère ?

— Ma mère vit toujours. Mon père nous a quittés.

— De quoi est-il mort ?

— Où veux-tu en venir, Brit ?

— Répondez, s'il vous plaît.

— Il était malade du cœur.

— Et vous craignez d'avoir une crise cardiaque ?

— Pas plus que n'importe qui.

— Eh bien, ma mère a une maladie, elle aussi. Du moins, c'est ce que les médecins nous ont dit. Ce peut être héréditaire, mais sa propre mère et sa sœur vont très bien, donc je n'ai aucune raison de me faire du souci. » Mon raisonnement paraissait tellement logique que j'arrivais presque à me persuader moi-même.

152

« Ton approche est empreinte d'une certaine maturité, a répondu Clayton. Mais si j'avais un taux de cholestérol élevé, des douleurs thoraciques et autres indices de problèmes cardiaques, je suppose que je changerais quelque peu mes habitudes et que je prendrais peut-être des mesures préventives.

— Des mesures préventives dans quel genre ? Des électrochocs ? » Je me voulais sarcastique, mais en voyant un sourire inquiétant jouer sur les lèvres du Dr Clayton, je me suis demandé si je ne lui avais pas donné une idée.

*
* *

En fait, Clayton avait bien en tête de me faire subir un électrochoc, mais au sens figuré. Deux jours plus tard, elle m'a convoquée pour une nouvelle séance.

Quand j'ai vu qui était assis dans son bureau, j'ai failli m'évanouir.

Papa.

Je suis restée sans voix. Que faisait-il ici ? Venait-il réaliser le rêve secret de chaque pensionnaire de Red Rock : sortir sa fille de cet endroit ? Ou bien était-il arrivé quelque chose à maman ? Clayton buvait du petit-lait en me voyant désemparée. Finalement, elle a daigné fournir une explication.

« Comme vous le savez, monsieur Hemphill, nous n'avons pas l'habitude de cautionner les visites individuelles, mais j'ai pensé que nous pourrions faire une exception pour Brit. » Elle s'est tournée vers moi avec un sourire fourbe. « Ton père a gentiment accepté de consacrer une journée de sa visite en famille au Grand Canyon à essayer de faire avancer ta psychothérapie.

— Vous êtes allés voir le Grand Canyon sans moi ? » Curieusement, je me sentais autant trahie par cette excursion que par tout le reste.

« Oui, ma chérie. C'est un endroit magnifique. J'ai regretté que tu n'aies pas été avec nous. »

Je n'en revenais pas. On se serait cru en train d'échanger des banalités dans un salon.

« Comme je le disais, a repris Clayton, ton père est venu nous aider à travailler sur certains thèmes. » Elle s'est adressée de nouveau à papa. « Monsieur Hemphill, ce serait sans doute utile que Brit sache exactement les raisons pour lesquelles elle a été envoyée à Red Rock. »

Papa a hoché affirmativement la tête, puis il s'est tourné vers moi, comme s'il me demandait de l'aider à faire sortir Clayton. Et parce que j'aurais fait n'importe quoi pour mon père, même furieuse après lui, j'ai toussoté. Il m'a imitée. Clayton a compris le message.

« Bien, je vous laisse seuls quelque temps », a-t-elle dit.

Papa s'est avancé et m'a prise dans ses bras, mais j'ai eu l'impression qu'il se forçait et je me suis dégagée rapidement.

« Tu allais me dire pourquoi j'avais été envoyée ici, ai-je dit en le regardant dans les yeux.

— D'après les thérapeutes, tu sembles croire que c'était une idée de ta mère.

— De ma *belle-mère*, ai-je rectifié.

— Si tu préfères. Je tenais donc à mettre les choses au point. Effectivement, elle pensait que tu avais besoin d'être… euh… prise en main, mais c'est moi qui ai décidé que tu irais à Red Rock.

— C'est donc ton idée ? »

Papa a rougi, l'air embarrassé. « Ta mère, pardon, ta belle-mère, n'était pas d'accord pour qu'on t'envoie si loin. J'ai choisi Red Rock, car à mes yeux c'était le meilleur endroit pour toi. »

Je crois qu'au fond je m'en doutais, mais j'ai eu l'impression de recevoir un coup de poignard dans le dos. J'ai regardé ce père que j'aimais plus que tout au monde et pendant quelques instants je l'ai haï.

« Ah bon, et qu'est-ce qui a emporté ta décision ? Le fait que ce soit à plus de mille kilomètres de la maison ? Leur approche thérapeutique pleine de considération ? »

Mon père a passé une main dans ses cheveux. « S'il te plaît, ma chérie, essayons d'être courtois. Nous n'avons pas beaucoup de temps.

— Courtois ? Tu crois que Clayton t'a demandé de venir pour prendre le thé, le petit doigt en l'air ? Elle veut que tu me passes un savon. C'est comme ça que ça fonctionne dans cette boîte.

— Mais non, le Dr Clayton est sévère, certes, mais elle a à cœur de t'aider. »

À cet instant précis, j'ai compris : *papa n'avait aucune idée de ce qui se passait ici*. Il ignorait les méthodes en cours à Red Rock, même si elles crevaient les yeux. Pire, il ignorait pour quelle raison il m'avait placée ici. Je me rendais compte qu'il faisait tout pour ne pas savoir.

« Combien de temps encore vas-tu t'enfouir la tête dans le sable et nier l'évidence ? » ai-je demandé.

Il m'a dévisagée, apparemment aussi surpris que moi par mon ton venimeux. J'avais envie de le secouer, de le supplier d'ouvrir les yeux, mais je me suis contenue.

« Sais-tu seulement pourquoi tu m'as envoyée ici ? ai-je poursuivi. Non ? Alors, je vais te le dire. Tu l'as fait pour compenser l'impuissance que tu as ressentie face à maman. Tu l'as fait parce que tu meurs de peur que je… »

Il a eu l'air atterré. « Je meurs de peur que tu… quoi ? »

Mais j'étais incapable de l'énoncer à haute voix. Cela aurait en quelque sorte donné corps à mes craintes. Et si papa avait confirmé, je n'aurais pu le supporter. De plus, il était devenu blême et j'ai craint qu'il ne s'évanouisse ou n'ait une attaque. Cela a suffi pour mettre un terme au moment de lucidité mêlée de haine que je venais de vivre et je me suis retrouvée dans ce bureau sinistre avec en face de moi mon pauvre père bourré de culpabilité. J'ai senti les larmes me monter aux yeux et je me suis précipitée hors de la pièce avant qu'elles ne jaillissent. Et tandis que je m'enfuyais dans le couloir, sous le regard goguenard de Clayton qui attendait juste derrière la porte, je me suis demandé par quel mystère mon père faisait maintenant partie des gens auxquels je devais dissimuler ma vraie nature.

21.

Papa avait fini par venir, il avait admis que la décision de m'envoyer à Red Rock était la sienne et Clayton semblait plus que jamais vouloir me convaincre que je ne valais rien : autant dire que j'avais à tout prix besoin du réconfort d'une réunion avec les Sœurs. Mais je ne savais comment m'y prendre. La seule personne capable de l'organiser était enfermée entre quatre murs.

J'étais toujours furieuse après V. Et je me sentais toujours coupable. Chaque jour supplémentaire qu'elle passait au niveau deux pesait un peu plus sur mes épaules. Et pourtant, malgré ces sentiments contradictoires, elle me manquait. Plus que jamais, ses paroles de consolation m'étaient nécessaires.

Quarante-huit heures après la visite de papa, j'étais si énervée que j'ai décidé de parler à tout prix à V. En me rendant au petit déjeuner, je me suis mêlée à un groupe de filles du niveau trois et, lorsqu'elles ont obliqué vers le réfectoire, j'ai pris la direction de l'aile qui abritait les cellules d'isolement. Les couloirs étaient déserts. Mon cœur battait à tout rompre et j'avais l'impression que des yeux étaient fixés sur moi de toutes parts.

Au bout du corridor, j'ai repéré deux filles du niveau six en train de bavarder devant la porte qui devait être celle de la pièce où se trouvait V. Je me suis préparée à tenter ma chance, mais mes jambes se dérobaient sous moi. Plus que les gardiennes de V, c'est elle-même que je redoutais d'affronter. Je ne savais plus où nous en étions de nos relations, sans compter qu'elle avait le chic pour aborder d'emblée les sujets dont je n'avais pas envie de parler. Curieusement, sous cet angle-là, elle ressemblait à Clayton.

J'ai donc fait marche arrière et je suis revenue au réfectoire, assez piteuse. La plupart des pensionnaires s'apprêtaient déjà à partir. J'ai aperçu Cassie accompagnée de Laurel. Babe était là elle aussi, surveillée par Hilary qui portait leurs deux plateaux. Amusée, j'ai failli me précipiter vers elle, mais je ne pouvais oublier qu'elle m'avait dit que mon père n'avait pas vraiment envie de me voir. Il était évident qu'elle avait raison, même si papa venait de me rendre visite, mais je n'avais pas envie qu'elle me le fasse remarquer. Au moment où je me sentais seule, une fois de plus, j'ai repéré également Martha. Miracle. Martha était rarement visible ces temps-ci.

« Tu ne peux pas savoir comme je suis contente de te voir, Martha ! » me suis-je exclamée.

Elle a tourné vers moi un visage aux yeux cernés, au teint pâle. « Oh, bonjour, Brit ! » a-t-elle dit d'un ton las. Elle avait vraiment l'air épuisé.

« Si tu ne vas pas en cours, Martha, j'aurais aimé te parler. »

Elle a secoué négativement la tête. « Impossible, je suis de corvée pour une nouvelle marche forcée. » J'ai eu l'impression qu'elle était sur le point de fondre en larmes.

« Tu n'as même pas cinq minutes ?

— J'aimerais bien, mais je suis déjà à la bourre parce que je me suis réveillée tard. Tout le monde m'attend. Je serai de retour demain au déjeuner et on pourra parler à ce moment-là. » Là-dessus, elle a haussé les épaules et elle s'est éloignée.

Le lendemain, à l'heure du déjeuner, puis à celle du dîner, j'ai cherché en vain à apercevoir Martha dans le réfectoire. Elle ne s'y trouvait pas non plus le surlendemain au petit déjeuner. J'ai vérifié qu'elle n'était pas à l'isolement, ou à l'infirmerie, ou qu'on ne l'avait pas transférée dans l'autre classe. Ce n'était pas le cas. J'ai demandé à Babe, à Cassie et à Laurel si elles l'avaient vue. Personne n'avait de nouvelles. Cela m'a tellement inquiétée que j'ai abordé Tiffany après la thérapie de groupe.

Elle m'a accueillie avec un regard glacé et je me suis rendu compte à quel point elle me détestait. Elle en voulait terriblement aux Sœurs. Était-elle au courant de nos réunions secrètes ? Se sentait-elle exclue ? Peut-être aurions-nous dû l'inviter à se joindre à nous.

« Qu'est-ce que tu veux ? m'a-t-elle demandé sèchement.

— J'aimerais juste savoir si tu as vu Martha. »

Elle a eu l'air ennuyé, mais elle s'est vite reprise. « Je n'ai pas le droit d'en parler, a-t-elle dit en prenant un air entendu.

— De parler de quoi ? » J'avais envie de lui envoyer mon poing dans sa figure de lèche-cul. Mais elle détenait des informations essentielles et j'ai réussi à me contrôler.

« Elle est rentrée chez elle ? Est-ce qu'elle va bien ? ai-je demandé.

— Elle n'est pas rentrée chez elle et elle va aussi bien que possible pour un élément perturbateur.

— Où est-elle ? Je suis très inquiète. »

Elle a ricané. « Je m'en doute. Toi et ton petit groupe ! Désolée, je ne suis pas autorisée à en dire plus. » Sur ces mots, elle a tourné les talons et m'a plantée là.

Après cette conversation avec Tiffany, mon mauvais pressentiment s'est changé en angoisse. Quelque chose n'allait pas. J'ai eu l'explication au dîner quand Pam, une fille du niveau cinq à qui je n'avais jamais parlé auparavant, est venue s'asseoir à côté de moi.

« Je ne suis pas censée en parler, mais je vais quand même le faire », m'a-t-elle annoncé.

Elle a alors entrepris de me raconter la dernière expédition de vingt-quatre heures à laquelle Martha avait participé. Malgré une température qui dépassait la trentaine de degrés au moment du départ, le Shérif avait imposé aux filles un rythme soutenu, selon son habitude. Martha était dans les dernières. Elle disait qu'elle avait mal à la tête, mais le Shérif lui avait répondu par l'une de ses formules favorites : « On cesse de gémir et on avance avec le sourire. » Et comme Martha se plaignait toujours, il l'avait menacée de la rétrograder au niveau trois.

Elle avait donc continué à marcher.

« Dans la nuit, m'a expliqué Pam, Martha s'est plainte de maux de tête et de fourmillements dans les pieds. J'étais inquiète, car je voyais bien qu'elle ne faisait pas semblant. Et puis elle s'est mise à divaguer. Là, je suis allée voir le Shérif dans sa tente. Il m'a envoyée balader en disant qu'elle irait mieux le lendemain matin.

— C'est bien son genre.

— Au matin, elle allait encore plus mal et elle n'a presque pas touché à leur horrible petit déjeuner. Elle était confuse, elle se traînait. Je me suis dit que c'était sérieux et je suis restée derrière avec elle quand on a repris la marche avec cette chaleur épouvantable. J'espérais qu'elle arriverait à descendre la montagne et à se faire soigner à l'infirmerie. Mais elle a perdu pied et, quand elle s'est mise à m'appeler Anita, j'ai eu vraiment peur.

— C'est le prénom de sa sœur.

— Je suis allée chercher le Shérif à toute vitesse, a poursuivi Pam. Il n'était pas content, mais il m'a quand même accompagnée jusqu'à l'endroit où j'avais laissé Martha. Elle était effondrée sous un arbre. Le Shérif a cru qu'elle dormait. Pour la réveiller, il lui a hurlé de remuer son gros cul, mais elle n'a pas bougé.

— Mon Dieu ! Comment va-t-elle maintenant ?

— Je n'en sais rien. À mon avis, elle est encore à l'hôpital.

— À l'hôpital ? » J'avais soudain envie de vomir.

« Oui. C'est là qu'elle a été emmenée, et encore il a fallu que toutes les filles protestent violemment pour que le Shérif daigne se servir de son talkie-walkie. Je suis désolée de te dire ça, mais, d'après mes informations, elle est dans le coma. »

J'étais atterrée. Les larmes me sont montées aux yeux.

Pam a secoué la tête. « Ne pleure pas, par pitié », m'a-t-elle dit. Il n'y avait pas trace d'hostilité dans sa voix. « J'ai pris l'initiative de te mettre au courant, mais, si ça se sait, je risque de gros ennuis.

— Excuse-moi. Pourtant, il faut qu'ils sachent à Red Rock qu'on va chercher à découvrir la vérité.

— À mon avis, ils ont déjà couvert leurs arrières. Tu crois qu'ils vont se déclarer responsables ? Tu veux rire ! Ils vont tout mettre sur le dos de Martha, sur la victime, oui ! »

Cette nuit-là, je n'ai eu aucun mal à rester éveillée jusqu'à deux heures du matin. Je me suis alors faufilée dans le couloir et, quand j'ai vu que le vigile dormait, je suis allée sur la pointe des pieds jusqu'à la chambre de Babe. « Réveille-toi », ai-je chuchoté en plaquant ma main sur sa bouche. Elle a ouvert les yeux. J'ai attendu quelques secondes, le temps qu'elle ait l'esprit clair, avant de poursuivre à voix basse : « On se retrouve au bureau dans dix minutes. Passe prendre Cassie. Je me charge de V.

— Mais elle est sous surveillance !

— Je me débrouillerai. C'est trop important. »

Et effectivement, alors que deux jours plus tôt je m'étais comportée comme une proie pourchassée, je me sentais une âme de lionne. Je me suis avancée d'un pas ferme, en me baissant ici et là pour éviter les caméras là où je savais qu'il y en avait. J'ai pris la clef dans le pot de la fausse plante verte près du bureau de Clayton et je me suis dirigée vers la chambre de V. Aucun vigile à l'horizon. Je n'ignorais pas que je prenais le risque d'être rétrogradée de plusieurs niveaux et donc de devoir attendre des mois avant de sortir de Red Rock. Mais je m'en moquais désormais. Papa avait l'air de vouloir me laisser le plus longtemps possible dans ce trou et Martha avait besoin de nous.

V possédait sans doute un sixième sens, car elle était assise sur sa couche, comme si elle m'attendait. Dès qu'elle m'a aperçue par la porte vitrée, elle s'est levée. J'ai ouvert la porte et elle s'est glissée sans bruit près de moi.

Quand le groupe a été réuni, j'ai informé mes amies de l'événement que le personnel de Red Rock essayait désespérément de dissimuler.

« Martha est dans le coma à l'hôpital », ai-je annoncé. Elles ont étouffé un cri d'horreur. Je leur ai raconté ce que Pam m'avait dit, plus certains détails que j'avais glanés ici et là. Mais je ne leur ai pas parlé de mon père. Cela n'aurait pas été approprié.

« Vous savez quelle explication donne le Shérif à l'évanouissement de Martha ?

— Coup de chaleur, déshydratation, épuisement ? a proposé V.

— Pas du tout, il raconte à qui veut l'entendre que Martha est anorexique et qu'elle ne mangeait plus rien depuis des semaines. »

V est devenue rouge de colère. « Quel tissu de mensonges !

— Évidemment, mais cette pourrie de Tiffany est allée dans son sens. D'après Pam, elle lui a raconté qu'elle avait vu Martha dissimuler de la nourriture dans ses socquettes. Donc, quand on l'interroge, le Shérif répond que Martha souffrait de malnutrition parce qu'elle cachait ce qu'elle ne voulait pas manger. Ils vont l'annoncer ce matin au petit déjeuner. »

Cassie fulminait. « Mais c'est eux qui lui ont fait ça ! C'est injuste ! »

C'était plus qu'injuste : cruel. J'imaginais Martha lâchant prise au cours de la randonnée et personne pour l'écouter, personne pour la croire. Et tout ça pourquoi ? Parce qu'elle était une ex-mince qui avait eu le culot de grossir ? Qu'avions-nous donc fait, les unes et les autres, pour mériter d'être ici ? Cassie aimait trop les filles. Babe aimait trop les garçons. Et moi ? Était-ce parce que je ressemblais trop à ma mère ? Parce que je faisais peur à mon père ?

C'est à ce moment, en constatant la réaction de la direction de l'école devant ce qui était arrivé à Martha, que j'ai enfin compris. Qui ne tournait pas rond, Martha ou ses parents obsédés par la minceur ? Cassie ou ses parents homophobes ? Moi ou mon père avec ses obsessions ? Je commençais à y voir clair. J'avais pris Red Rock en grippe depuis le début, sans savoir comment réagir. Je comptais sur V pour m'apprendre à tourner le règlement, sur Babe pour m'aider à être plus maligne que le Dr Clayton, sur Jed pour me redonner le moral. Mais j'étais comme un volcan prêt à entrer en éruption. Quelque chose bouillonnait en moi. Ce n'était pas de la colère, mais de l'indignation et une résolution nouvelle. J'en avais assez de dépendre d'adultes cruels et incompréhensifs. C'était le monde à l'envers. Les adultes ne jouaient plus leur rôle. Ils s'étaient enfermés dans un cocon d'ignorance et voulaient nous faire croire que nous ne tournions pas rond. Nous ne pouvions plus avoir confiance en eux. Il n'y avait personne ici pour nous guider, pour veiller sur nous. Nous devions nous débrouiller seules.

Pour cela, je devais changer. Car malgré ce que pensaient Clayton et mon père, malgré mes tatouages, ma coiffure punk et mon goût pour les guitares électriques, j'étais une fille bien. J'avais obéi à mes parents, puis à mon père quand ma mère était partie. J'étais gentille avec Billy. Je ne me droguais pas, je ne buvais pas, je ne volais pas et je n'agressais pas les gens. J'étais honnête. Je pouvais aimer et être aimée. Je n'avais rien de la révoltée dont l'équipe de Red Rock me renvoyait l'image. Mais je me rendais compte que si je voulais sortir d'ici et reprendre ma vie en main, je devais devenir *cette fille-là*. Le temps était venu de réveiller la rebelle qui sommeillait en moi.

« Pauvre chérie, c'est affreux, a gémi Babe.

— Je hais ces gens, a dit V. Ils sont censés nous aider et au lieu de ça, ils nous sapent le moral et nous blessent sous prétexte de psychothérapie. »

Cassie a poussé un soupir. « C'est évident, mais que pouvons-nous faire, à part nous évader ?

— Décider que ça suffit ! ai-je lancé. On en a assez de leur psychothérapie bidon. Assez d'attendre que Clayton et le Shérif décident qu'on peut enfin sortir. Assez des parents qui refusent de voir les choses en face et qui nous parquent dans ce trou à rats au lieu de prendre conscience de leurs propres problèmes. Alors, changeons la règle du jeu. Décrétons que désormais notre sort ne dépend plus d'eux, mais de nous. »

Pour la première fois depuis bien longtemps, Babe m'a regardée avec l'air chaleureux que je lui connaissais autrefois. « Voilà un discours vigoureux qui me plaît, mon chou, m'a-t-elle déclaré. Qu'est-ce que tu proposes ?

— Oui, quel est ton plan ? a demandé V.

— Mon plan, c'est tout simplement la fin de Red Rock. Pour nous comme pour les autres. On va faire fermer cette boîte, les filles. »

22.

La nuit du surlendemain, je me suis de nouveau glissée dans les couloirs. Même si ce n'était pas la première fois, j'étais extrêmement nerveuse. C'est tout juste si je ne sentais pas la main du Shérif se poser sur mon épaule. Pourtant, j'ai continué à avancer jusqu'aux bureaux de l'administration de l'école, dont j'ai ouvert la porte avec le passe. En rampant sur le sol pour éviter d'être filmée, j'ai réussi à attraper le téléphone et à le poser sur le sol. Allongée sur le dos, j'ai composé d'une main tremblante le numéro de Beth et Ansley. Il était deux heures du matin et je pensais qu'elles étaient chez elles, mais je suis tombée sur le répondeur.

J'ai donc laissé un message. « Bonsoir, c'est Brit, je vous appelle de Red Rock. Pardon de téléphoner si tard, mais vous m'avez dit que vous aimeriez pouvoir faire fermer cet établissement. Eh bien, nous aussi, et j'ai besoin de votre aide. Je vous rappellerai dans quelques jours. Ce sera malheureusement très tard le soir. J'espère que vous décrocherez quand même. »

Je m'apprêtais à regagner ma chambre lorsque, sur une impulsion, j'ai appelé Jed. Mais je n'avais pas de chance ce soir-là, car il était lui aussi sur répondeur.

N'empêche que le seul son de sa voix chaude m'a mise dans tous mes états. « Jed, c'est Brit. Tu es là ? Non ? Désolée, je n'ai pas pu t'écrire. Pourtant, je pense tout le temps à toi. Écoute, je vais sortir d'ici et on pourra être ensemble tous les deux. Alors, attends-moi, Jed, parce que toi aussi, tu es ma luciole. » J'ai fait une pause, avec l'impression d'être au bord d'un précipice. Puis je me suis lancée. « Je t'aime, ai-je murmuré au répondeur. Il fallait que je te le dise. »

J'ai raccroché et j'ai regagné mon lit de la même manière qu'à l'aller, un peu chamboulée d'avoir pris ces deux initiatives.

Trois nuits plus tard, j'ai recommencé. Cette fois, Beth et Ansley étaient chez elles. Ravies d'avoir de mes nouvelles, elles m'ont donné des conseils, mais elles avaient dû voir trop de films, car la plupart étaient complètement farfelus, comme de faire sauter l'école, de creuser un tunnel ou de torturer le personnel. Je les ai quand même remerciées, avant de leur suggérer une action plus raisonnable, comme d'alerter la presse, ou d'impliquer un député ou un avocat spécialiste des droits civiques.

« Hélas, Brit, Saint George n'est pas le centre de la vie politique de l'Utah, m'a répondu Ansley. Et nous sommes dans un État à forte tradition mormone, donc conservatrice.

— Et le journal local ?

— Encore une fois, Brit, c'est une petite ville, a expliqué Beth, et ce sont plutôt des histoires de météo ou d'urbanisme qui font la une.

— Dans ce cas, on peut s'adresser ailleurs, ou à quelqu'un d'autre. »

J'ai entendu Beth claquer des doigts.

« À qui penses-tu ? » Ansley et moi avons posé la question avec un bel ensemble.

« À Skip Henley. C'est un journaliste célèbre. Il a couvert le Viêtnam et l'affaire du Watergate. Il n'est plus tout jeune, mais c'était un crack, à son époque. Il a reçu le prix Pulitzer. Il a quitté son boulot il y a une dizaine d'années. Ça a fait pas mal de bruit. Il avait écrit un article sur des passations de contrats du ministère de la Défense et refusait de révéler ses sources, ce qui lui a valu de passer en justice et de se retrouver en prison. Quelque chose dans ce genre.

— Il a démissionné en signe de protestation et a pris sa retraite, a précisé Ansley. Il élève maintenant des chevaux dans son ranch, mais, de temps en temps, il donne encore une conférence sur les affaires internationales à l'université du coin.

— C'est l'homme qu'il nous faut ! me suis-je exclamée.

— Il a la réputation d'être particulièrement ronchon.

— Qu'importe. Donnez-moi son numéro. »

*
* *

Une semaine plus tard, j'ai téléphoné au numéro que m'avait donné Beth. Il était une heure du matin et j'allais certainement réveiller Skip Henley. En fait, au son de sa voix quand il a décroché, j'ai su tout de suite qu'il ne dormait pas, mais qu'il n'appréciait pas pour autant d'être dérangé aussi tard.

« Monsieur Henley ? ai-je demandé d'une voix tremblante.

— Vous avez vu l'heure ? Qui êtes-vous ? Qu'est-ce que vous voulez ?

— Je suis désolée. Mon nom est Brit Hemphill. Je suis une pensionnaire de la Red Rock Academy. Ce n'est pas très loin de chez vous.

— Si c'est une blague, je vous préviens que je vais raccrocher.

— Non, ne raccrochez pas. Je suis dans cet établissement, qui est en réalité un camp de redressement pour adolescentes. Il se passe ici des choses épouvantables. Je me suis dit que vous pourriez écrire un article là-dessus.

— Laissez-moi tranquille. J'ai pris ma retraite.

— Je sais, mais c'est juste que… je ne sais pas quoi faire d'autre. Il faut pourtant que quelqu'un nous écoute… » Ma voix s'est brisée.

« Foutues mômes. Démerdez-vous. » Là-dessus, il a raccroché.

J'ai regagné ma chambre et, une fois dans mon lit, je me suis apitoyée sur mon sort. Personne n'allait nous prendre au sérieux. En même temps, j'entendais la voix de Jed qui me prédisait un destin de rock star et j'avais envie de lui donner raison. C'est pourquoi, la nuit suivante, j'ai rappelé Skip Henley.

Cette fois, il m'a laissée parler, puis il s'est mis à rire. « Tu sais qui je suis, petite ?

— Oui. Vous avez fait des reportages sur des trucs dans les années soixante-dix.

— Des trucs ! Tu as mal appris ta leçon. J'ai couvert des guerres, des assassinats, des révolutions. Et tu veux que je raconte l'histoire d'une bande de riches gamines qui chouignent parce qu'elles trouvent leur école trop dure ?

— Ce n'est pas du tout ça. »

Henley a gloussé de nouveau. « Peut-être que mon prochain article pourrait porter sur la hausse vertigi-

neuse du prix du gloss ! » a-t-il lancé, avant de
raccrocher en riant.

*
* *

Cela serait plus difficile que je ne le pensais, mais je
n'avais pas l'intention de lâcher prise. J'ai donc orga-
nisé une nouvelle réunion avec les Sœurs et j'ai
expliqué ce que j'avais fait.

« Tu es folle, Brit chou, et je t'adore pour ça, a dit
Babe.

— Oui, mais ça n'a pas marché. Il m'a ri au nez.

— Je commence à croire qu'il ne faut effectivement
jamais faire confiance aux gens au-dessus de trente
ans, a déclaré Cassie.

— Il est pourtant notre meilleur espoir, ai-je poursuivi. Il faudrait réussir à le persuader. »

V m'a regardée avec cet air à la fois exaspéré et
désemparé qu'elle affichait quand j'étais au niveau un
et que je refusais de dire au Shérif que j'étais prête à
affronter mes problèmes. « Alors, vas-y, persuade-le,
m'a-t-elle dit.

— Oui, mais comment ?

— Mon père avait pas mal de copains qui étaient des
grands journalistes. Je connais leur mentalité. Tout ce
qui les intéresse, ce sont des histoires juteuses. Ils les
reniflent comme du sang frais. À toi de lui prouver que
c'en est une. »

Malgré ces paroles encourageantes, je percevais
chez elle une froideur à mon égard. Il en était ainsi
depuis qu'elle avait quitté le niveau deux, que j'avais
proposé un plan, et qu'elle m'avait dit de conserver le
passe en ajoutant que c'était mon tour d'entretenir la

170

flamme. Savait-elle que je lui en voulais encore ? Était-elle jalouse parce que ce n'était plus elle qui prenait la direction des opérations ? Peut-être souhaitait-elle qu'il n'y ait pas d'opérations, en fait.

*
* *

Lors de mon expédition nocturne suivante, je me suis introduite dans la pièce où se trouvait le matériel informatique. Les filles du niveau six étaient autorisées à envoyer des e-mails, mais seul le personnel avait le mot de passe pour entrer dans l'ordinateur. Ansley et Beth m'avaient dit qu'à leur époque, ce mot de passe était « aide-aux-ados », ce qui dénotait un certain manque d'imagination. J'étais à peu près certaine qu'il avait changé depuis et qu'en le tapant, j'allais déclencher une alarme ou je ne sais quoi. C'était sans compter avec la paresse de la direction, qui n'avait pas pris la peine de le modifier entre-temps. Le modem s'est donc connecté et j'ai eu accès à Internet.

J'ai passé pratiquement une heure sur Google. D'abord, j'ai cherché ce qu'il y avait sur Skip Henley. À mon grand embarras, j'ai constaté que non seulement il était l'auteur de formidables reportages dans les années soixante-dix, mais qu'il avait depuis traité des sujets concernant les droits de l'homme, comme les escadrons de la mort au Nicaragua et la Commission de la vérité et de la réconciliation en Afrique du Sud. C'était un journaliste extrêmement connu et je lui avais en quelque sorte manqué de respect. Cela ne se reproduirait plus.

J'ai ensuite cherché à savoir ce qu'il y avait sur Red Rock. À part leur site, je n'ai pas trouvé grand-chose

171

sur l'établissement. Rien sur le Dr Clayton, ni sur Bud « Sherif » Austin. J'allais abandonner, et puis, me ravisant, j'ai tapé « Austin », « ex-shérif » et « camp de redressement » et, là, je suis tombée sur l'article suivant, paru dans la *Billings Gazette* :

UNE PENSION POUR GARÇONS
FERMÉE POUR ENQUÊTE

Un établissement scolaire de la région a été fermé à la suite d'allégations de sévices sur les pensionnaires et d'atteintes aux droits civiques. D'après les autorités, une enquête est en cours à Piney Creek, une pension privée qui se présente comme un camp de redressement pour adolescents difficiles. Depuis longtemps déjà, des anciens élèves, soutenus par des défenseurs des droits civiques de la région, dénoncent la cruauté des méthodes en vigueur dans cet établissement : usage de menottes, mise à l'isolement et privation de nourriture. « Ces jeunes n'ont commis aucun délit et ne sont pas passés en justice, déclare Sharon Michner, avocat de plaignants dont le fils a souffert de gale et de malnutrition. Or, sur le plan des droits et des traitements, c'est pis que s'ils étaient en prison. Force est de constater que ce type d'établissement n'est contrôlé ni au niveau de l'État ni au niveau gouvernemental, ce qui conduit à des abus en grand nombre. »

Le directeur de Piney Creek, Arnold « Bud » Austin, un ancien shérif, s'est refusé à tout commentaire, mais l'école a publié la déclaration suivante : « Avec l'accroissement des fusillades dans les établissements scolaires et l'augmentation de la violence chez les adolescents, nous sommes dans l'obligation d'élargir le champ de nos méthodes pour remettre dans le droit chemin les jeunes qui s'en sont éloignés. Nous avons aidé des centaines de jeunes et les allégations à l'encontre de Piney Creek sont dénuées de tout fondement. »

Le chef de la police, Richard Hall, affirme que l'école restera fermée jusqu'à la fin de l'enquête. En attendant, les élèves seront rendus à leur famille ou transférés dans d'autres établissements.

J'ai trouvé deux autres articles parus dans la *Gazette*, l'un annonçant que l'enquête était terminée et l'établissement fermé définitivement, l'autre expliquant qu'un arrangement financier entre les plaignants et l'école avait évité un procès. J'ai ensuite tapé « Arnold Austin » et « camp de redressement ». Cette fois, j'ai découvert que le Shérif avait dirigé trois autres établissements au moins, l'un en Idaho, l'autre en Utah et le dernier à la Jamaïque. Les deux premiers avaient été fermés sur ordre des autorités.

Comment se faisait-il que Piney Creek ait été fermé et que Red Rock soit toujours en activité ? Comment le Shérif pouvait-il encore sévir alors que ses écoles avaient presque toutes été fermées pour mauvais traitements ? Je n'avais pas les réponses, mais je tenais mon histoire. Et un bon sujet de reportage pour Skip Henley.

À mon retour, quand je me suis glissée sans bruit dans la chambre, Missy était réveillée dans son lit.

« Où étais-tu ? » m'a-t-elle demandé. J'ai failli sauter au plafond en entendant sa voix. D'habitude, elle dormait d'un sommeil profond, ce qui était un avantage pour moi.

« Aux toilettes, ai-je répondu.

— Pendant quarante-cinq minutes ?

— J'ai eu mal au ventre, ai-je menti. Trop mangé de gratin hier soir. Si tu ne me crois pas, va là-bas, il doit y avoir encore une odeur, euh… désagréable.

— Pas la peine », a-t-elle marmonné d'un ton dégoûté, avant de se retourner et de replonger dans le sommeil.

Cette semaine, j'avais eu beaucoup de chance lors de mes sorties nocturnes, mais je me suis dit avec inquiétude que cela risquait fort de ne pas durer.

*
* *

Le lendemain, dans la carrière, j'ai fait part de mes découvertes aux Sœurs. « Bien joué », a déclaré V. C'était dit du bout des lèvres et je n'étais pas convaincue de sa sincérité. Babe, Cassie et Laurel, au contraire, ont manifesté un enthousiasme délirant.

« Maintenant, Skip Henley est obligé de t'écouter ! s'est exclamée Cassie. Tu as mis dans le mille.

— Bon travail d'enquête, a ajouté Laurel.

— Bon ? Brillant, oui ! a corrigé Babe. Tu es drôlement maligne, Brit.

— Pas tant que ça. J'ai failli me faire choper par Missy. Je ne suis pas sûre de pouvoir prendre de nouveau le même genre de risques. Je ne peux pas avoir la diarrhée toutes les nuits ! Je vais sans doute attendre une semaine avant de contacter Henley.

— On peut peut-être t'aider », a suggéré Laurel.

Babe a levé la main. « Laissez-moi faire. Hilary est tellement tarte qu'elle gobe n'importe quoi. À mon tour de tenter une mission impossible. Je vais appeler ce vieux Skip. Je serai heureuse de faire quelque chose pour Martha. Ce sera mieux que de broyer du noir en attendant des nouvelles.

— Ce silence est pire que tout, ai-je dit. Quelqu'un a des échos ?

— Non, tout ce que je sais, c'est qu'elle est toujours à l'hôpital », a répondu V.

Nous nous sommes tues quelques instants en pensant à Martha. Puis Babe a repris la parole. « Bon, alors, comment il s'appelle, déjà, ce vieux machin que je suis censée séduire ?

— Skip Henley. Ce n'est pas un vieux machin, mais un grand reporter, et tu n'as pas besoin de le séduire, juste de l'informer.

— Je ferai les deux. Il va me manger dans la main. »

*
* *

En fait, Babe n'a rien pu obtenir de Skip Henley. Quand elle l'a appelé, deux nuits plus tard, il l'a interrompue avant même qu'elle puisse lui exposer ce que j'avais découvert.

« Il a été d'une impolitesse incroyable ! s'est-elle plainte. Au début, j'ai pensé qu'il m'aiderait, parce qu'il m'a demandé le nom de l'école et du directeur. Et quand je le lui ai dit, il a marmonné que si je rappelais, il alerterait l'école. Ensuite, il s'est mis à dénigrer notre génération. Paraît qu'on n'est qu'une bande de... attends, comment a-t-il dit, "d'enfants gâtés, apathiques et privilégiés", qui ne s'intéressent qu'à la dernière console de jeux. Comme si c'était mon problème, franchement ! » Babe s'est tournée vers moi. « Excuse-moi, mais je pense qu'on fait fausse route avec ce type. C'est un vieil aigri.

— Cela valait tout de même la peine de tenter le coup, a déclaré V. Dommage que ça n'ait pas marché. » Je n'aurais pas pensé qu'une fille comme elle aurait renoncé aussi facilement.

« C'est vrai, Brit, tu t'es donné beaucoup de mal, mais tu as placé la barre trop haut », a renchéri Babe.

J'étais déçue de voir avec quelle facilité les Sœurs abandonnaient, mais au fond, cela ne me surprenait pas. À Red Rock, tout était fait pour que nous doutions de nous-mêmes. L'école nous brisait, nous forçait à nous soumettre au programme. Mais je n'avais pas l'intention de laisser tomber. J'avais besoin de parler à quelqu'un qui croirait en moi. Jed.

À ceci près que j'étais sans nouvelles de Jed depuis la nuit où j'avais laissé ce stupide message sur son répondeur. Petit à petit, le doute avait succédé à l'excitation que j'avais éprouvée en admettant que je l'aimais. Peut-être en avais-je trop dit. Je ne savais pas y faire avec les garçons et nous étions de si bons amis, lui et moi, que j'avais été franche, sans chercher plus loin. Je ne le regrettais pas, parce que pour moi la vérité comptait plus que tout, mais j'essayais d'imaginer ce que ça donnait d'entendre ma voix désespérée dans le noir. Au bout de deux semaines sans le moindre signe de Jed, je pouvais considérer que j'avais la réponse. J'étais allée trop vite. Je lui avais fait peur. Bien sûr, Jed était quelqu'un d'extraordinaire, mais c'était un mec, et en amour, les mecs sont assez frileux, non ?

23.

Mai a cédé la place à juin et j'ai eu dix-sept ans, mais personne ne l'a su. Papa m'a envoyé une carte. J'espérais en recevoir une de Jed, jusqu'au moment où je me suis rendu compte qu'il ignorait la date de mon anniversaire.

Il faisait terriblement chaud, plus de trente-huit degrés. Le Shérif avait même annulé la psychothérapie en plein air. Une forme de lassitude et de malaise s'était emparée des Sœurs. Nous ne pouvions toujours pas passer du temps ensemble, même si les restrictions étaient moindres, et mon plan formidable s'était révélé un pétard mouillé.

Heureusement, au début du mois, deux bonnes nouvelles sont venues illuminer notre horizon plutôt glauque. La première, c'était que la remise du diplôme de Cassie aurait lieu au mois d'août. La seconde, que Martha était guérie et qu'elle pourrait rentrer chez elle. Mieux, elle allait passer à Red Rock avec ses parents pour récupérer ses affaires, accomplir les formalités et prendre congé. J'étais étonnée qu'on les laisse circuler sur notre campus et je l'ai été plus encore lorsque, avec Babe, V et Cassie, j'ai pu lui dire au revoir devant le parking. Mais ce n'était rien à côté de ma stupéfaction quand je l'ai vue : notre amie avait perdu une quinzaine de kilos.

On s'est embrassées, les larmes aux yeux, puis Martha s'est mise à rire. « C'est incroyable ! Finalement, Red Rock est arrivé à me faire mincir, s'est-elle exclamée.

— D'accord, mon chou, mais à quel prix ! a répondu Babe. Tu as une tête épouvantable. »

V l'a fusillée du regard, mais, comme d'habitude, Babe avait raison. Martha avait des cernes sombres sous les yeux, son teint habituellement frais avait pris une teinte plombée, et sa peau semblait relâchée là où elle avait le plus maigri.

« Laisse-moi un peu de temps, Babe. Je sors du coma. Figurez-vous qu'ils ont essayé de faire croire à ma mère que j'étais anorexique. Mais elle me connaît, elle sait que j'aime manger. En fait, j'avais un problème aux reins causé par une déshydratation sévère. C'est incroyable qu'un coup de chaleur puisse avoir des conséquences aussi graves. » Martha nous a fait signe de nous rapprocher encore. « Ma mère est entrée dans une colère noire, a-t-elle poursuivi à voix basse. Le Shérif en a pris pour son grade et elle leur a flanqué à tous une telle trouille qu'ils lui lèchent les bottes. C'est pour ça que j'ai le droit de vous dire au revoir tranquillement.

— Ta mère n'est pas la seule à se plaindre. » Cassie a pointé l'index vers moi. « Brit s'est juré de faire fermer l'établissement.

— Oui, mais ça ne marche pas, ai-je dit.

— Oh, Brit, c'est formidable ! » Martha me regardait, les yeux brillants. « Surtout, n'abandonne pas. Si quelqu'un peut y arriver, c'est bien toi. Accroche-toi, je t'en supplie !

— Ne t'inquiète pas, Martha.

— Excuse-moi, mais vous m'avez toutes tellement aidée que je ne peux supporter l'idée de vous abandonner. »

Martha, émue, était sur le point de fondre en larmes.

J'ai tenté de la réconforter. « Tu ne nous abandonnes pas, tu rentres chez toi, ce n'est pas pareil.

— Effectivement, a approuvé Cassie. Dis-nous plutôt quelle est la première chose que tu vas faire en arrivant.

— Manger. Vous allez rire, mais ma mère ne pense qu'à me remplumer ! »

Babe a ouvert des yeux ronds. « Elle veut que tu redeviennes grosse ? a-t-elle demandé, mettant les pieds dans le plat une fois de plus.

— Elle veut que je sois de nouveau en bonne santé.

— On te le souhaite toutes, a dit V.

— Merci, V. Alors, Brit et toi n'êtes plus fâchées ?

— Parce que Brit et moi étions fâchées ? » V avait pris une expression étonnée. Elle s'est tournée vers moi en me lançant un de ces regards scrutateurs dont elle avait le secret.

« Je suis désolée, j'ai encore fait une gaffe, s'est lamentée Martha. Ne vous disputez pas, cela me rend triste.

— Mais non, tout va bien, Martha, ai-je assuré.

— Dépêchez-vous de sortir et de venir me voir, mes amies. Je vous ferai un gâteau au chocolat et on boira de la limonade. »

Un coup de klaxon a retenti. Sa mère commençait à s'impatienter. « Bon, je dois y aller, a-t-elle conclu. Vous allez beaucoup me manquer, vous savez.

— Toi aussi, tu vas nous manquer, a répondu V. Mais on se reverra bientôt.

— On compte sur Brit pour ça, n'est-ce pas ? »

Je n'ai pu que hocher affirmativement la tête. Nous avons embrassé Martha une dernière fois, puis nous l'avons regardée monter dans la voiture de location de ses parents et s'en aller retrouver son existence d'avant.

*
* *

Après le départ de Martha, je me suis sentie remotivée, mais j'étais bien la seule. Babe ne voulait plus entendre parler de Skip Henley et elle préférait organiser une pétition qu'elle adresserait à son sénateur. V était toujours aussi étrangement distante. Quant à Cassie, elle était dans son monde, qui tournait autour de la remise de son diplôme et de Laurel. Elle avait la liberté à portée de main. Pourquoi prendre le risque de tout gâcher ?

La réaction du journaliste m'avait déstabilisée, moi aussi, mais je n'avais pas l'intention de renoncer. J'allais devoir trouver une autre façon de l'appâter. Je restais persuadée que Skip Henley était notre meilleur espoir, même si les Sœurs, elles, considéraient son refus comme définitif.

J'avais besoin de recevoir des encouragements. C'est pourquoi, une nuit, je me suis de nouveau glissée hors de ma chambre pour aller téléphoner à Jed. Il était plus de deux heures du matin, mais il a tout de suite décroché.

« Allô, Jed, c'est moi. »

Il a poussé un long soupir à l'autre bout de la ligne. Je n'avais aucun effort à faire pour l'imaginer en train de hocher la tête, un grand sourire flottant sur ses lèvres dont je connaissais le dessin par cœur. « Brit ! Je me suis fait du souci pour toi. J'ai passé les quinze derniers jours dans le Massachusetts. En revenant, j'ai trouvé ton message, un seul, et rien d'autre. J'ai pensé que tu m'en voulais de quelque chose ou alors que tu avais des ennuis. Tu as des ennuis ?

— J'en ai pas mal depuis que j'ai mis les pieds ici, tu sais.

— Tu veux m'en parler ? »

C'est ce que j'ai fait, à toute vitesse, car l'horloge tournait. Je lui ai dit ce qui s'était passé après mon retour, la nuit où je l'avais retrouvé. Je lui ai raconté ce qui était arrivé à Martha, ce que j'avais découvert et ce que j'avais tenté de faire sans grand succès.

« Ce Skip Henley, c'est un vrai rustre, mais, pour moi, il est l'homme de la situation. Si je pouvais lui apporter les éléments qui… »

Il m'a interrompue. « Fais-le. Ne laisse pas tomber. Je t'aiderai si je peux, mais tu n'as besoin de personne, Brit. Tu y arriveras seule, j'en suis persuadé. En plus…

— Oui ?

— Je veux que tu sortes au plus vite. » Sa voix s'est faite caressante. « J'ai besoin de ta présence, je veux dire de toi en chair et en os. Cela fait maintenant des années que je me contente d'un fantasme…

— Des années ? C'est seulement en mars, il y a quelques mois, que toi et moi on…

— Tu as bien entendu. »

Des années ! Je me sentais sur un petit nuage.

« Tu vas pouvoir me rappeler ? a-t-il demandé.

— Peut-être, mais j'ai peur qu'ils ne vérifient les appels longue distance sur leurs factures de téléphone.

— Appelle en PCV, dans ce cas. Et dépêche-toi de sortir de là, Brit. Clod a besoin de toi. Si tu ne reviens pas très vite, je vais péter les plombs. Tu comprendras ce que je veux dire quand tu entendras mes dernières chansons. Ce sont toutes des ballades.

— Waouh ! Erik et Denise doivent commencer à s'inquiéter… » Je me suis tue quelques instants avant d'ajouter : « Tu me manques, Jed.

— Tu me manques aussi. Et tu sais, Brit…

— Oui.

— Je t'aime. »

Finalement, peut-être que Jed n'était pas l'un de ces garçons frileux en amour…

*
* *

Lors de notre réunion nocturne suivante, j'ai annoncé aux Sœurs que je comptais faire une nouvelle tentative auprès de Henley, en lui racontant cette fois toute l'histoire. Il ne savait rien en effet des antécédents du Shérif et il y avait sans doute d'autres cadavres dans le placard. À nous de les découvrir. Après tout, personne ne connaissait Red Rock mieux que nous. Nous allions devoir nous introduire dans des bureaux, fouiller dans des classeurs, répertorier les diagnostics des pensionnaires. Ensuite, lorsque notre dossier serait bien ficelé, nous l'apporterions à Henley. Et là, il ne pourrait faire autrement que de nous croire.

« Je me demande pourquoi tu t'accroches à ce vieux journaliste mal embouché, a déclaré Babe.

— Une impression… Il a passé sa vie à dénoncer des injustices. Un cœur doit battre sous sa carapace. »

J'ai expliqué comment je voyais la répartition des tâches entre nous. Dans la mesure où Cassie devait sortir bientôt, elle hériterait de la moins risquée : effectuer une enquête discrète auprès des autres pensionnaires, pour tenter de connaître le motif de leur présence à Red Rock. Savoir combien il y avait, le cas échéant, de déviantes sexuelles, de kleptomanes et de droguées. Et combien suivaient un traitement médical.

J'ai proposé à Babe de consulter les dossiers médicaux et de chercher si d'autres filles avaient eu des « accidents » comme Martha ou avaient été malades. Nous avions besoin d'une liste de cas susceptibles de prouver les graves manquements du personnel de Red Rock.

Quant à V, je lui confiais le travail le plus difficile après le mien : se renseigner sur les membres du personnel et découvrir combien parmi eux n'avaient même pas les qualifications nécessaires pour distribuer des conseils et des médicaments. Elle a levé les yeux au ciel. « C'est tout ? Ça ne va pas me prendre plus de dix secondes.

— Il y a aussi l'aspect assurance santé. Si l'on peut prouver que les filles dont les parents n'ont pas les moyens de financer le séjour sont déclarées guéries par la direction dès qu'elles ne sont plus couvertes par leur assurance, ça nous aidera beaucoup.

— Adjugé. Et toi, quel est ton rôle, Brit ?

— Je m'introduis dans le bureau de Clayton, je sors nos dossiers, je compare les notes, bref, je regarde ce qu'ils fabriquent. Et je cherche sur Internet, ou je demande à Jed de le faire, s'il y a des filles qui sont passées par ici et qui ont quelque chose de bien saignant à raconter. Je suis sûre que ça ferait drôlement plaisir à pas mal d'entre elles de participer. »

Cassie a froncé les sourcils. « Tout ça me paraît un poil dangereux.

— C'est aussi mon avis, a approuvé Babe. Le côté mission impossible me plaît bien, mais comment va-t-on se débrouiller, en pratique ? Ça ne va pas se faire en soufflant dessus. »

J'en étais venue à penser qu'il suffisait de vouloir pour pouvoir. Au cours de mes escapades nocturnes, j'avais acquis pas mal d'assurance. La direction de Red Rock nous avait tellement fait peur en nous persuadant que nos moindres faits et gestes étaient surveillés que nous nous tenions à carreau – enfin, la plupart du temps. Or Big Brother n'existait que dans notre imagination. Le système de sécurité de l'établissement était à moitié naze et le gardien de nuit ronflait la plupart du temps. Depuis presque un an, nos petites réunions d'après minuit se déroulaient sans accroc. Et si j'avais été repérée après avoir fait le mur, ce n'était pas à cause de la vigilance du personnel, mais parce que quelqu'un m'avait aperçue en ville dans mon uniforme de Red Rock. J'étais en train de prendre conscience que ce n'étaient ni les alarmes ni les portes fermées à double tour qui nous tenaient prisonnières dans l'établissement, mais notre propre peur. Et nous étions les seules à pouvoir faire sauter ces verrous psychologiques.

J'ai essayé de l'expliquer à mes amies, mais, en même temps, je ne voulais surtout pas qu'elles aient des problèmes à cause de ma théorie.

Cassie et Babe n'ont pas eu l'air tout à fait convaincues et c'est V qui est venue appuyer mes affirmations.

« Félicitations, Brit ! Tu viens de découvrir le secret de cet endroit. » Elle avait une expression triste, mais son regard exprimait une certaine fierté.

« Tu crois ?

— Oui, tu as raison, ce que nous avons surtout à craindre, c'est notre peur. »

Babe a pris une profonde inspiration, puis s'est lancée : « Eh bien, c'est d'accord. Même si je dois me casser une jambe pour ça, je vais infiltrer l'infirmerie.

— Moi aussi, je suis partante, a annoncé Cassie. Et je vais demander à Laurel de me donner un coup de main. Elle essaiera de se débrouiller pour nous faire des photocopies si besoin est. On sera en tandem, elle et moi.

— Je croyais que vous étiez *déjà* en tandem », a plaisanté Babe, ce qui a fait rougir Cassie. Puis, se tournant vers moi, elle a ajouté : « Tu vois, Brit, on te soutient.

— Il ne reste plus que toi, V », ai-je dit en la regardant.

Elle a souri. « Je suis des vôtres, bien sûr. La question ne se pose même pas.

— Dis-moi, Brit chou, qu'est-ce qui va se passer une fois qu'on aura sorti tous les cadavres des placards ? » m'a demandé Babe.

Je n'en avais aucune idée. Mais je me disais qu'il serait toujours temps d'y penser une fois que nous en serions arrivées là.

24.

Pendant les deux semaines suivantes, nous avons été débordantes d'activité, toutes les quatre. Nous avions à peine le temps de nous voir et, chaque fois, nous en profitions pour faire le point ou dissimuler nos trouvailles dans un trou que Cassie avait creusé au bord de la carrière. Un enthousiasme nouveau nous animait et, pour la première fois depuis que nous avions eu la perspective de passer une journée au Spa avec la mère de Babe, de longs mois auparavant, nous étions joyeuses. À ceci près que personne ne pouvait nous voler cette joie, car elle venait de l'intérieur. Tant qu'on ne se faisait pas prendre, bien sûr.

Mais on avait de la chance. Pourtant, nous devenions de plus en plus audacieuses. Jouant la comédie dans la grande tradition maternelle, Babe avait feint un sévère épisode de gastro-entérite, allant jusqu'à vomir sur commande. « Il me suffit de penser à ce voyage au Mexique où mon frère m'a gerbé dessus, et hop, ça part ! » a-t-elle précisé. Elle avait donc passé trois nuits sans surveillance à l'infirmerie, où personne ne se donnait le mal de mettre les dossiers sous clef, et elle en était repartie avec les noms des filles qui, comme Martha Wallace, avaient souffert de maux suspects :

Gretchen Campbell, Nathalie Wiseman et Hope Ellis. Gretchen s'était cassé la jambe, Nathalie avait eu le scorbut et Hope le nez fracturé par quelqu'un dont l'identité n'était pas mentionnée. Nous n'étions pas certaines que les mauvais traitements à Red Rock y étaient pour quelque chose, dans la mesure où Helga, l'affreuse infirmière qui m'avait infligé une fouille au corps, ne mentionnait rien de particulier, mais, d'après Babe, on pouvait lire entre les lignes dans la plupart des cas. Le scorbut, par exemple, pouvait être causé par une grave déficience en vitamine C consécutive à l'alimentation déséquilibrée servie aux pensionnaires. Et un coup de chaleur ? Il était facile d'imaginer les effets d'une température torride sur une fille obligée de rester dans la carrière ou d'aller au terme d'une marche forcée, comme Martha.

À sa façon mystérieuse, V avait obtenu de nombreux renseignements sur le personnel. Aucune éducatrice n'avait de diplôme du troisième cycle et deux d'entre elles n'avaient même pas terminé le collège universitaire. L'un des gorilles était un ancien lutteur professionnel, un autre aurait eu son permis de conduire supprimé pour conduite en état d'ivresse.

« Comment t'es-tu débrouillée pour obtenir ces infos ? ai-je demandé, admirative.

— C'est simple : j'interroge les gens. Quand on leur en donne l'occasion, ils adorent parler d'eux-mêmes et des autres.

— Tu as des talents d'hypnotiseur, ou quoi ?

— Mais non ! En fait, tout n'est qu'apparence, comme le système de sécurité. Si tu te pointes quelque part avec l'aplomb de la fille qui a le droit d'être là, les gens pensent que tu as vraiment ce droit. Moi, je fais comme si j'étais autorisée à recueillir telle ou telle information, et on me la fournit gentiment. »

Cela m'a fait réfléchir. Je m'étais donné pour tâche de m'introduire dans le bureau du Dr Clayton, et pourtant je n'avais pas encore eu le cran de le faire. Certes, je disposais d'un passe, la pièce n'était pas protégée par des caméras et le classeur métallique dans lequel Clayton rangeait les dossiers n'était pas fermé à clef. Mais il me semblait que les murs m'observaient, même dans le noir, exactement comme Clayton me donnait l'impression de connaître les moindres recoins de mon esprit. Pour quelle raison, autrement, m'aurait-elle harcelée en cherchant à me persuader que je risquais de finir comme ma mère et que les qualités maternelles dont j'avais hérité n'étaient en vérité qu'une étape sur le chemin de la folie ? Une partie de moi-même avait envie de l'admettre. Sinon, j'allais rester coincée à jamais au niveau quatre. J'étais maintenant capable de faire semblant d'être de l'avis de Clayton, mais je n'étais pas certaine à cent pour cent qu'elle se trompait, et je craignais, si je lui donnais raison, que sa théorie ne devienne réalité.

J'ai donc repoussé à plus tard l'expédition. En attendant, j'aiderais Cassie et Jed à retrouver d'anciennes pensionnaires de Red Rock. J'avais chargé Jed de les rechercher sur Internet, notamment à travers les blogs et les forums de discussion, et il y travaillait avec ardeur, ravi de pouvoir être utile. C'était un grand réconfort de l'avoir avec nous. Il avait trouvé pas mal d'éléments et il me faisait suivre les liens à une adresse e-mail secrète qu'on avait créée. Je consultais mon courrier le plus souvent possible, mais, la plupart du temps, c'est Cassie qui s'en chargeait, car elle suivait des cours d'informatique. Elle prenait un grand risque dans la mesure où elle agissait sous le nez des éducatrices, mais elle tenait à en faire un maximum. Son enquête s'était déroulée avec une facilité dérisoire. Même les pensionnaires les plus méfiantes s'étaient ouvertes à elle, y compris celles qui étaient atteintes du syndrome de Stockholm. Peut-être à cause de son départ prochain ou parce qu'elles la savaient inoffensive et capable de garder un secret.

Un jour, pourtant, elle a manqué se faire prendre pendant le cours d'informatique. Elle était en train d'imprimer un e-mail que Jed avait transféré, lorsque l'une des éducatrices s'était glissée derrière elle.

« J'ai cru que c'était cuit, nous a raconté Cassie lors de l'une de nos réunions nocturnes.

— Qu'as-tu fait, Cassie chou ? a demandé Babe.

— J'ai débranché tout le machin et j'ai prié pour qu'elle ne remarque rien. Une éducatrice qui n'aurait pas eu un petit pois à la place du cerveau aurait pu retrouver la trace de ma connexion sur Internet Explorer, mais elles n'ont pas inventé la poudre et rien ne s'est passé. J'avais quand même la trouille qu'on découvre ce que j'avais imprimé. Les quarante-cinq minutes suivantes ont été longues, croyez-moi. »

J'ai poussé un soupir. « Je dis "ouf !", mais maintenant, Cassie, tu arrêtes. Tu nous seras plus utile à l'extérieur.

— Tu as raison. Ce serait dommage que je fiche tout en l'air alors qu'on est si près du but. »

Après cet épisode, j'ai pris en main les échanges de mails et, par l'intermédiaire de Jed, j'ai pu entrer en contact avec un ancien pensionnaire de Piney Creek qui avait porté plainte contre l'établissement. Il était tout disposé à parler des actes abominables commis par le Shérif, comme la fois où celui-ci l'avait attaché sur une chaise et laissé une journée entière en plein soleil. J'avais eu aussi un courrier d'une fille prénommée Andrea, que l'on avait envoyée à Red Rock en principe parce qu'elle buvait. En réalité, expliquait-elle, ses parents se disputaient sa garde et sa mère l'avait placée là parce qu'elle voulait l'éloigner de son père. Finalement, son père avait dû utiliser les services d'un avocat pour la faire sortir. « On a des choses sordides à dire sur Red Rock, écrivait-elle, et on serait ravis de vous les raconter, à vous ou à toute personne qui souhaiterait les entendre. J'ai cet endroit en horreur. »

J'ai imprimé ces e-mails et je les ai dissimulés dans notre cachette de la carrière, avec les résultats de l'enquête de Cassie et les données qu'elle avait imprimées, ainsi que les dossiers de l'infirmerie récupérés par Babe et les notes de V sur l'équipe éducative. La pile commençait à être impressionnante.

« Oui, mais notre dossier n'est pas complet », a constaté V. Puis, se tournant vers moi, elle m'a demandé : « Quand comptes-tu te procurer tes infos, Brit ?

— Ce soir.

— Tu disais la même chose la nuit dernière.

— Je sais, mais Missy avait un sommeil très agité. C'était trop dangereux.

— Tu veux que j'y aille à ta place ?

— Non, je vais le faire.

— Alors ne tarde pas, s'il te plaît. Ça nous met les nerfs à vif d'attendre.

— J'aurai les renseignements demain matin », ai-je promis.

*
* *

Cette nuit-là non plus, pourtant, je n'ai rien tenté. Allongée dans mon lit, je me repassais en pensée des chansons des Clash en écoutant Missy s'agiter de nouveau dans son sommeil. Elle s'était levée deux fois pour aller aux toilettes et, pour moi, il n'était pas question de me faire prendre, au stade où nous en étions. Bon, si j'avais vraiment voulu, j'aurais pu tenter ma chance, mais la vérité est que je n'osais pas.

Le lendemain, au petit déjeuner, Babe s'est glissée auprès de moi dans le réfectoire. Elle a déposé un billet sur mon plateau, avant de disparaître.

V s'est fait choper cette nuit dans le bureau de Clayton. Missy avait cafté au Shérif que tu sortais en douce de la chambre ces temps-ci et ils ont monté la garde. V redescend au niveau un. On s'est vues aux toilettes. Elle m'a expliqué qu'elle avait dissimulé le passe dans sa pantoufle pendant qu'on l'interrogeait et qu'elle l'a replacé dans la plante. Elle m'a chargée de te dire qu'elle était désolée. Qu'est-ce qu'on fait ? Tout est fichu, ou quoi ?

C'était la seconde fois que V était punie à ma place. À nouveau, j'étais furieuse et, cette fois, c'était après moi. J'avais déjà laissé V prendre la responsabilité de ma fugue nocturne et, maintenant, j'hésitais à aller jusqu'au bout de mon grand projet. Pour sa part, elle n'avait pas hésité. Elle avait foncé tête baissée. Et accepté de payer le prix.

Là, au réfectoire, j'ai pris une décision : je me rendrais dans le bureau de Clayton, non pas cette nuit, car l'équipe allait exercer une surveillance, mais dans la journée. J'irais parce que j'avais le droit de le faire et que les murs n'avaient en réalité pas d'yeux. Le Shérif n'allait pas tarder à changer le passe, à mettre les dossiers sous clef ou à prendre des mesures quelconques pour nous empêcher de sévir à nouveau. Il fallait que je profite du créneau qui se présentait à moi.

Clayton voyait les pensionnaires le matin, puis à nouveau en fin d'après-midi, et elle quittait Red Rock dans l'intervalle. J'aurais juste à me faufiler hors de la carrière et à pénétrer dans son bureau, puis à dissimuler quelque part les dossiers avant que Laurel ne les photocopie pendant le dîner et que je n'aille ensuite les remettre en place. C'était une vraie mission de commando au-delà des lignes ennemies en plein jour, sans camouflage et sans soutien de l'arrière. Mais je devais l'accomplir.

Quand la porte du bureau du Dr Clayton s'est refermée sur moi, j'ai eu le frisson. Si les autres parties de l'établissement ne m'intimidaient plus beaucoup, désormais, j'étais encore sensible à l'atmosphère inquiétante de cette pièce. La voiture de Clayton n'était plus à sa place, mais j'avais l'impression qu'elle-même était présente et regardait par-dessus mon épaule. Ce bureau était l'endroit que je détestais le plus. C'était une sorte de caverne où se concentraient mes peurs les plus profondément ancrées.

J'ai respiré un bon coup, puis j'ai tendu la main vers son classeur. Il n'était pas fermé à clef.

Un calme étrange m'a envahie. J'ai parcouru les dossiers et j'ai sorti ceux marqués Wallace, Jones, Larson, Howarth et enfin Hemphill. Je savais que je devais agir vite, mais je n'ai pu résister à l'envie d'ouvrir le mien tout de suite. Je l'ai feuilleté et certaines formules, que Clayton avait inscrites de son écriture régulière, m'ont sauté aux yeux : « déni », « narcissisme », « idéalisation des traits iconoclastes »,

« en commun avec sa mère », « schizophrénie para-noïde ». Il y avait aussi des photocopies de lettres envoyées par ma grand-mère et mon père, y compris celles qui provenaient en fait de Jed. Et puis il y en avait une autre, que je n'avais jamais vue. Celle-ci était un original. Elle avait été rédigée sur ce qui ressemblait à un sac en papier brun. Je connaissais par cœur l'écriture. Laissant tomber le reste du dossier, je me suis laissée glisser jusqu'à terre.

Brit chérie de mon cœur,
Il y a des matins où je me réveille et où pour un peu j'oublierais que les années ont passé. Je te revois avec une incroyable netteté, pieds nus dans la rosée, en train de jouer en pyjama sur la pelouse. C'est un écla-tant tourbillon de couleurs et de bonheur. Je suis à l'intérieur, en train de préparer le petit déjeuner, et je me dis en te regardant : « Comment, c'est moi qui ai fait cela ? Comment est-ce possible que ce soit sorti de moi ? » On peut appeler cela la vie, on peut l'appeler un miracle, mais moi, je l'appelle tout simplement toi, ma meilleure, ma plus importante contribution à notre monde.
Je suis terriblement désolée de ce qui est arrivé. Je suis terriblement désolée qu'on m'ait enlevée à toi. En fait, la plupart du temps, je ne sais même pas que je suis désolée et pour moi, c'est un bien. Mais de temps à autre, il arrive que la course folle s'arrête et que je sois libre. C'est comme chez nous, en hiver, quand la grisaille se déchire et que pendant une journée le ciel est si clair qu'on distingue parfaitement les montagnes. Eh bien, aujourd'hui, c'est un jour comme ça.
Ça ne va pas durer. Les nuages reviennent toujours dans le ciel et les miens reprennent toujours possession

de moi. Mais cette lettre est un peu comme un testament, une façon de dire que j'étais là, que j'ai été ta maman et que je le suis encore.

J'ai eu du mal à terminer ma lecture tant les larmes m'aveuglaient. Je n'y voyais plus, je n'entendais plus, j'étais incapable de bouger. Pourtant, une force invisible m'a aidée à sortir du bureau, à m'éloigner de cet endroit néfaste.

La même force m'a guidée pendant le restant de la journée. Je ne saurais expliquer autrement que j'aie pu dissimuler les dossiers sous mon matelas, retourner à la carrière, demander à Laurel de faire les photocopies, les récupérer avant le dîner, puis remettre les originaux à leur place dans le bureau de Clayton après le repas, le tout en ayant l'air à peu près normale. Or, après la tentative manquée de V, la sécurité était renforcée. On aurait dit que quelqu'un me tenait la main. J'ai mis un certain temps à comprendre que ce guide était en réalité la partie la plus forte de moi-même.

Il n'était nullement dans mes intentions de lire les dossiers des autres filles. L'idée était de distribuer chacun à celle qu'il concernait pour qu'elle l'annote et fasse la part du mensonge et de la vérité. Je n'avais qu'une envie, que Missy s'endorme vite pour que je puisse relire le mien et surtout la lettre de ma mère. Je me disais que ma grand-mère l'avait trouvée et me l'avait envoyée. Mais pourquoi Clayton avait-elle décidé de ne pas me la remettre ? Pour me protéger ? Pour me punir ?

Après l'extinction des feux, j'ai entrouvert la porte de la chambre pour pouvoir lire en profitant de la faible lumière provenant du couloir. Les documents concernant V étaient sur le dessus de la pile. Et sur la première feuille de son dossier était marquée sa date de naissance. V était née en février, sous le signe du Verseau. Sur le moment, je n'ai pas réagi, mais en remettant son dossier en dessous pour pouvoir me plonger dans le mien, j'ai relu la date. Cette fois, j'ai fait le calcul. V avait dix-huit ans. Elle les avait eus plusieurs mois auparavant. Ce qui signifiait qu'elle aurait pu sortir depuis longtemps. Et je ne sais pourquoi, mais la vérité sur V m'a arraché presque autant de larmes que la lecture de la lettre de ma mère.

25.

« Je veux parler à Virginia. »

C'était le lendemain matin et, après le petit déjeuner, au lieu d'aller en cours, j'avais filé tout droit vers les cellules d'isolement où V était retenue. À un moment, j'avais eu peur de m'y rendre, mais, par une ironie du sort, j'étais galvanisée par les paroles que V elle-même avait prononcées : « *Si tu te pointes quelque part avec l'aplomb de la fille qui a le droit d'être là, les gens pensent que tu as vraiment ce droit.* »

« Impossible de lui parler, elle est au niveau un, m'a répondu la fille du niveau six qui gardait sa porte.

— Je ne t'ai pas demandé la permission.

— Je vais aller le dire.

— Ne te gêne pas. » Sans plus attendre, j'ai ouvert la porte. V était assise sur le lit de camp, en pyjama, les genoux contre la poitrine. Quand elle m'a vue, elle m'a fait signe de m'asseoir auprès d'elle.

« Je devrais arrêter de te rendre service, m'a-t-elle dit avec un faible sourire.

— Effectivement, ça ne se passe pas très bien.

— Excuse-moi, Brit. J'ai tout fichu en l'air, j'en ai peur, mais je ne l'ai pas fait exprès. Je pensais que tout le monde était parti et je suis tombée sur le Shérif qui me guettait.

— C'est à cause de Missy. Elle est allée lui raconter que je me baladais la nuit dans les couloirs. Et tu sais, j'ai les dossiers.

— Non, tu as réussi ? Comment t'as fait ?

— Aucune importance.

— Je ne vais pas pouvoir examiner le mien. Quelqu'un d'autre va devoir s'en charger. » Elle m'a lancé un regard oblique. « À moins que tu ne l'aies déjà fait.

— Non, ce serait indiscret. Mais, sans le vouloir, j'ai vu quelque chose. »

Elle a poussé un très long soupir, comme un ballon qui se dégonfle, avant de s'adosser au mur.

« Tu as dix-huit ans, V, ai-je poursuivi. Pour quelle raison es-tu encore ici ?

— C'est ça que tu as vu, ma date de naissance ?

— Oui. Y a-t-il autre chose dans ton dossier qui expliquerait pourquoi, toi qui hais cet endroit, tu es toujours entre ces murs ? Dis-le-moi, V. »

Elle a haussé les épaules et s'est tassée sur elle-même. Malgré sa grande taille, elle paraissait soudain fragile, comme brisée.

J'ai posé ma main sur la sienne. Elle a pincé l'arête de son nez, puis a pris une profonde inspiration avant de se lancer. « Je t'ai menti, a-t-elle expliqué. Je vous ai menti à toutes. Mon père n'est pas un diplomate qui travaille pour l'ONU. Enfin, il ne l'est plus. Il est mort. »

Elle s'est mise à pleurer. J'étais abasourdie. « Je suis désolée, V, désolée », ai-je murmuré.

Au bout de quelques instants, elle s'est redressée, a lissé son pyjama et s'est essuyé les yeux. « Quand mon père était en vie, a-t-elle repris d'une voix qui tremblait un peu, nous vivions dans des pays comme le Ghana ou le Sri Lanka. Son dernier poste était à Bagdad, mais maman et moi n'avons pu l'accompagner, car c'était trop dangereux.

— Seigneur ! Il est mort en Irak ?

— Non. C'est ce à quoi on pouvait s'attendre, je sais. Ma mère et moi nous y étions préparées, avec tous ces attentats, mais tout s'est bien passé. Nous avons été soulagées quand, sa mission terminée, il est rentré à la maison. Et puis, quinze jours après son retour, ma mère et lui sont allés voir mes grands-parents dans le Connecticut. Au retour, leur voiture a été percutée de plein fouet par celle d'un chauffard ivre. Maman s'en est tirée sans une égratignure, mais papa a été tué sur le coup.

— Oh, V ! » Ne sachant que dire, je lui ai caressé doucement la main, comme à une enfant.

« Après ça, mon univers s'est effondré. Pareil pour maman. C'était pire que tout ce qu'on pouvait imaginer. Il… il me manquait terriblement. » Les mots se bousculaient sur ses lèvres. « Pendant longtemps, je me suis réveillée chaque jour en m'attendant à le trouver là. Et, chaque jour, j'avais l'impression de le perdre. Tu sais ce que je veux dire, n'est-ce pas ? »

J'ai pensé à ma mère, à tous ces matins où j'avais l'espoir secret de la retrouver en train de préparer le petit déjeuner, et j'ai hoché affirmativement la tête.

« Alors tout est allé de travers pour moi, a-t-elle poursuivi. Je me suis mise à avoir peur de tout. Peur d'être renversée par une voiture, peur d'être électro-cutée par une ligne à haute tension, peur d'être mordue par un chien. C'était parfaitement irrationnel. J'ai fini par ne plus pouvoir sortir de chez moi. Je voyais le danger partout. Il était évident que j'avais besoin d'être aidée. »

Elle s'est arrêtée quelques instants avant de reprendre. « Et c'est là que ça devient dingue, Brit. Crois-moi si tu veux, mais c'est *moi* qui ai choisi de venir à Red Rock.

— C'est toi qui... Mais pourquoi *ici*, précisément ?

— Je pensais que j'y serais en sécurité. Je le pense encore. On est au milieu de nulle part. On est surveillées. On s'occupe de nous...

— Et on nous espionne. C'est un endroit horrible. Tu es peut-être celle qui le déteste le plus. »

Elle a eu un rire sans joie. « Tu as raison, je le hais. C'est le plus bizarre. Je hais ce qu'il fait subir à des filles comme toi, intelligentes et plutôt grandes gueules. Mais pour moi, c'est un endroit confortable, parce que je sais quoi haïr, de quoi avoir peur, à quoi m'attendre.

— Et tu connais la méthode pour rester ici.

— Exact. Ces histoires de rétrogradation sont là pour la forme, même si Clayton et le Shérif ne me font pas particulièrement de cadeaux. Ma mère me laissera ici aussi longtemps que nécessaire. Elle est terrifiée à l'idée de me perdre, moi aussi. »

V s'est tue, et nous sommes restées quelques instants silencieuses. Puis elle a planté son regard dans le mien. « Tu as vu ton dossier ? » m'a-t-elle demandé.

J'ai fait signe que oui.

« Tu as trouvé quelque chose ?

— Une lettre de ma mère, que personne ne m'avait montrée. Curieusement, quand elle l'a écrite, elle était lucide, consciente de ce qui lui arrivait. À ce moment-là, du moins. Tu sais, on imagine toujours qu'un océan sépare la folie et la santé mentale, mais ce sont plutôt des îles voisines. »

V m'a considérée d'un air sérieux. « Et c'est ce qui te fait peur ? L'idée que Brit Hemphill vive un peu trop près de l'île des malades mentaux ?

— Les autres semblent penser que j'ai déjà mis le pied dessus. C'est le cas de Clayton et de papa. Je n'en ai parlé à personne, mais il est venu me voir au printemps et j'ai senti qu'il avait cette idée dans la tête, même s'il ne l'a pas vraiment admis.

— Oublie ton père. Qu'est-ce que tu penses, toi ? »

Je m'apprêtais à répondre par un haussement d'épaules, et puis je me suis ravisée. V avait joué franc-jeu avec moi et je devais lui rendre la pareille. Je nous le devais à toutes les deux.

« J'ai peur de finir comme ma mère, ai-je murmuré. Peur que ce soit mon destin.

— Qu'est-ce qui te permet de penser ça, Brit ?

— Je lui ressemble quand elle avait mon âge. Même allure, même voix, même comportement.

— Mais je croyais que ta mère était quelqu'un de génial, que tout le monde adorait ? Tu devrais être ravie de cette ressemblance, au contraire !

— Pas si la folie est au bout de la route. » Voilà, je l'avais dit. C'était sorti.

V ne m'a pas tapoté la main, elle ne m'a pas prise dans ses bras, ni émis des petits bruits réconfortants. Elle s'est contentée de me considérer avec sérieux.

« Franchement, Cendrillonnette, je t'aurais crue plus avisée. Les affreuses marâtres, les marraines bonnes fées, les princes charmants, tout ça, ça n'existe pas. Pas plus que le Destin avec un grand "d". Ta destinée, c'est toi qui la choisis.

— D'accord, mais si c'est quelque chose à quoi je ne peux échapper, comme une maladie que je porterais en moi ?

— Eh bien, en attendant qu'elle se déclenche, ce qui n'est pas certain, tu choisis ton mode de vie. Ou bien tu te recroquevilles, terrifiée, ou bien tu vis épanouie. »

V se tenait à nouveau droite. Ce n'était plus la petite fille fragile dont elle m'avait laissée entrevoir le visage pendant quelques minutes. Elle était redevenue l'amie, la sœur dure à cuire que je connaissais. Et elle avait en tout point raison.

« Il est temps que tu mettes tes propres conseils en application, V », ai-je dit.

Les coins de ses lèvres se sont relevés en un léger sourire. « Tu as peut-être raison, Brit. »

26.

Si Babe et Cassie avaient trouvé mon plan osé, Beth et Ansley l'ont jugé carrément insensé. Quand je le leur ai exposé au téléphone, elles ont sauté au plafond.

Je n'ai pas eu l'occasion d'expliquer à V ce que j'allais faire. J'étais sûre qu'elle m'approuverait, toutefois. Après tout, j'étais portée par ses paroles.

J'ai fait le mur de la même manière qu'en mars. Beth et Ansley m'attendaient dans leur camionnette, mais cette fois l'inquiétude avait remplacé chez elles l'excitation.

« Tu es sûre que c'est une bonne idée ? m'a demandé Ansley en mettant le contact. Ça ne s'est pas très bien passé avec lui jusqu'à maintenant…

— Nous pourrions lui apporter les dossiers, a proposé Beth.

— Non, c'est le seul moyen. Il nous prend pour des gamines sottes et gâtées. Si je le rencontre personnellement, il changera peut-être d'avis. »

Nous n'avons plus parlé tandis que la voiture traversait Saint George et se dirigeait vers Zion, où j'avais passé une partie de la nuit avec Jed à une période qui me semblait bien lointaine. Ansley a ensuite pris en direction du nord. Il était tard, plus de vingt-trois heures trente, mais quand nous nous sommes garées dans l'allée conduisant à l'immense ranch de Skip Henley, les fenêtres de sa maison de deux étages en adobe étaient éclairées. Au moins n'allais-je pas le réveiller.

« On t'attend ici, a dit Beth.

— Méfie-toi, en Utah, tout le monde ou presque est armé, a prévenu Ansley. S'il te prend pour un rôdeur et qu'il te tire dessus, baisse-toi et reviens à la voiture en courant ! »

Je me suis avancée vers la maison, où des chiens se sont mis à aboyer, et, avant même que j'aie eu le temps d'appuyer sur la sonnette, la porte s'est ouverte sur un homme âgé, aux cheveux blancs, vêtu d'un pyjama. Henley tenait à la main un gros livre, un doigt marquant sa page.

« Qu'est-ce que tu veux à une heure pareille ? a-t-il grommelé. Ne me dis pas que tu vends des gâteaux faits par les guides ou je ne sais quels scouts ! »

J'ai baissé les yeux sur mon uniforme de Red Rock. « Monsieur Henley, je m'appelle Brit Hemphill. Je vous ai téléphoné il y a quelque temps.

— Encore toi ! Je t'ai dit que je ne voulais pas entendre parler de ton histoire ! » Il a tenté de refermer la porte, mais j'ai glissé mon pied dans l'entrebâillement. Surpris, il s'est immobilisé. J'en ai profité pour me faufiler à l'intérieur.

« Je ne t'ai pas proposé d'entrer, que je sache.

— Je veux juste que vous m'écoutiez. Regardez. » Je montrais le dossier que les Sœurs et moi avions rassemblé. Il était presque aussi épais que le livre qu'il tenait à la main.

« Qu'est-ce que c'est ?

— Des preuves concernant la Red Rock Academy.

— Des preuves ? s'est esclaffé Henley. Et de quoi ? Qu'ils vous font manger de la pâtée pour chien ?

— Je sais que cela peut vous paraître drôle, mais je vous assure qu'il se passe des choses graves dans cette école. Pourtant, tout le monde s'en moque, apparemment. Personne ne nous croit.

— J'ai entendu parler de Red Rock. C'est un établissement pour les gosses de riches qui se droguent et qui fuguent, a-t-il répondu en lançant un regard oblique au tatouage que j'avais sur le bras. Cela ne m'intéresse pas.

— Je vous en prie, lisez ce dossier. Vous jugerez par vous-même. »

Henley m'a pris le dossier des mains. Il y a jeté un bref coup d'œil, avant de me le rendre. « Arrête de me faire perdre mon temps, petite. Tu devrais être déjà couchée. Au lit ! » Sur ces mots, il s'est dirigé vers sa cuisine.

« Pourquoi refusez-vous de nous donner une chance ? » Je hurlais presque.

« Je t'ai déjà donné une chance en n'appelant pas le directeur de ton école, l'autre fois. Je t'en donne une autre maintenant. La chance de t'en aller avant que je téléphone cette fois à la police.

— Parce que l'autorité a toujours raison, n'est-ce pas, monsieur Henley ? Avait-elle raison de brûler les églises des Noirs dans votre Alabama natal ? De bombarder des femmes et des enfants au Viêtnam ? De jeter en prison les Sud-Africains qui se battaient pour la liberté ? »

Il s'est tourné vers moi, le visage écarlate. « Vous autres, vous ne pouvez vous comparer à ces gens ! s'est-il écrié. En aucun cas.

— Je ne nous compare pas à eux. Je sais que cela n'a rien à voir. Il n'empêche que nous avons un grave problème dont tout le monde se fiche sous prétexte que nous sommes jeunes et que nos parents nous ont envoyées à Red Rock. Et alors, les adultes ne peuvent pas se tromper ?

— Je comprends, mais je ne suis pas la personne qu'il vous faut. »

Une dernière fois, j'ai tenté ma chance. « Monsieur Henley, lorsque vous avez reçu le prix Pulitzer, vous avez déclaré que la seule façon de veiller sur la liberté était de remettre le pouvoir en question. Est-ce toujours vrai, oui ou non ? Des abus ont lieu tout près de chez vous. Allez-vous fermer les yeux alors que vous êtes le seul à pouvoir nous aider ? » Je me suis arrêtée un instant pour reprendre mon souffle. « Je vous connais. J'ai lu vos articles. Il y a eu une époque où l'injustice vous révoltait. S'il vous plaît, écoutez-nous ! »

J'ai lancé le dossier sur le sol et, avant que Skip Henley ne puisse appeler la police, je me suis enfuie à toutes jambes.

*
* *

« C'est un miracle que tu ne te sois pas fait choper », m'a dit Cassie le lendemain matin au petit déjeuner. Nous étions dans un coin du réfectoire avec Babe et Laurel.

« Oui, tu as de la chance, a approuvé Laurel. Je n'en reviens pas. Depuis qu'ils ont pris V, ils sont encore très nerveux ici.

— J'aurais peut-être dû insister un peu plus. Au moins, cela en aurait valu la peine. »

Cassie m'a adressé un sourire rassurant. « Tu as fait de ton mieux, Brit. Ne t'inquiète pas. Je sors très bientôt et je trouverai bien une oreille attentive à notre histoire.

— Merci, Cassie. Le problème, maintenant, c'est qu'on n'a plus les preuves, alors qu'on a pris un risque maximum pour se les procurer.

— Et tu es sûre qu'il n'a pas mordu à l'hameçon ? a demandé Laurel.

— Certaine. Tu aurais vu comment il me regardait ! Comme si j'étais débile. Il ne nous prend pas au sérieux. Que faire ? »

Babe a pris un air résolu. « Un jour, la roue va tourner, les filles, a-t-elle lancé. Tous ces vieux cons auront besoin de nous et nous, on les enverra se faire voir. »

*

* * *

Une semaine après ma visite chez Henley, V s'est offert une petite escapade à son tour. Elle a fait son apparition un après-midi dans la carrière et s'est dirigée vers nous.

« Ben alors, cow-girl, comment t'as fait pour sauter la barrière ? » a demandé Cassie.

V m'a jeté un coup d'œil en souriant. « J'ai ma méthode », a-t-elle dit.

Babe a soupiré. « Toujours tes petits secrets !

— D'accord, mais c'est Cassie qui s'en va pour de bon, a répliqué V. Combien te reste-t-il à tirer, Cassie ? Un mois ? »

Cassie a baissé la tête, l'air penaud. « Un peu plus de trois semaines.

— Ne me dis pas que tu es triste de partir ? a demandé Babe, étonnée.

— Triste n'est pas le mot, mais je rentre chez moi, et là-bas… » Elle s'est interrompue. Je ne l'avais jamais vue aussi découragée. « Là où je vis, a-t-elle repris, c'est l'Amérique profonde, vous comprenez. Alors, quand on sort un peu du moule, on risque tout le temps d'être démasqué et montré du doigt.

— Comme ici, ai-je dit.

— Non. Ici, nous sommes si nombreuses à ne pas être dans la norme que, finalement, la norme, c'est d'être différente. » Cassie a souri. « Vous, vous vous fichez complètement de mes préférences sexuelles. On m'a envoyée à Red Rock parce que je me suis fait piquer avec une fille. Ça se sait et, du coup, je ne me sens plus aussi seule.

— Tu veux prendre un dernier risque, histoire de finir en beauté ? ai-je proposé.

— Pourquoi pas ? Mes parents ont déjà acheté mon billet de retour. Impossible de faire marche arrière.

— Pas cette nuit, mais la prochaine, on prévoit une pluie de météorites. Que diriez-vous de s'échapper pour aller la voir, les filles ? On ne retrouvera pas de sitôt l'occasion d'être toutes réunies. »

Le visage de Cassie s'est illuminé. « Ce serait une chouette façon de se dire au revoir.

— OK, donc. Deux heures du mat' devant la porte de l'infirmerie. On ne s'éloignera pas beaucoup de l'école, juste assez pour être au-delà de l'éclairage. »

Au moment où nous nous séparions, V m'a rappelée. « On m'a dit ce que tu avais fait, Brit.

— Ça n'a pas servi à grand-chose, malheureusement.

— Oh que si ! Tu as pris ta destinée en main.

— Merci, V. Et toi, tu as fait pareil, apparemment, puisque tu n'es plus au niveau deux.

— J'ai annoncé à Clayton que j'avais l'intention de sortir bientôt. Pas tout de suite. Il faut d'abord que je m'y prépare. Mais j'ai déclaré que s'ils continuaient à me punir, je faisais ma valise aujourd'hui même. Donc, ce serait un manque à gagner pour eux. Quand il est question d'argent, ils comprennent tout de suite ! Je suis désormais au niveau six, quoi qu'il arrive, jusqu'à mon départ.

— Tu as déjà fait un grand pas.

— C'est la seule solution, Brit, avancer pas à pas. Et quand on s'obstine à mettre un pied devant l'autre, on finit toujours par arriver quelque part. »

27.

C'était une nuit splendide. Les étoiles scintillaient, tandis que les météorites traversaient le velours noir du ciel. V, Babe, Cassie et moi étions assises sur un rocher. À un moment, V a évoqué l'Ultra-sélect, Ultra-branché Club Fermé des Fêlées. Pourtant, ce n'était plus exactement ça. Quelque chose se terminait. Martha était repartie chez elle. Cassie allait nous quitter. Et ce serait bientôt le tour de V elle-même. Elle n'avait fixé aucune date, mais ce jour allait arriver. Cette nuit-là, elle a confié son secret aux Sœurs. Et je leur ai confié le mien.

Tout n'était pas fini pour autant. Babe et moi étions toujours enfermées à Red Rock et nous n'avions pas encore trouvé le moyen d'échapper aux rétrogradations. Mais pour le moment, sous cette pluie d'étoiles filantes qui traversaient la galaxie à des millions de kilomètres au-dessus de nos têtes, cela n'avait aucune importance. Nous n'étions plus des Sœurs contre Tous. Nous étions des sœurs, tout simplement.

28.

Quand tout allait mal, j'imaginais pour me remonter le moral que Jed revenait me chercher, ou bien que la vérité sur la Red Rock Academy finissait par éclater et que les forces du bien faisaient fermer l'établissement.

Mais les forces du bien, quand elles débarquent enfin, peuvent prendre la forme effrayante de troupes de choc.

« Ceci est un raid ! Mesdemoiselles, veuillez vous habiller et quitter le bâtiment. Je répète : prenez vos affaires, gagnez le parking et déclinez votre identité auprès de l'agent Jenkins ! »

« Hein ? » Je me suis frotté les yeux. Le jour n'était pas encore levé. Il était trop tôt pour l'appel. Que se passait-il ? Je me suis assise sur mon lit et j'ai vu deux balèzes avec la tête rasée et des lunettes d'aviateur qui se tenaient dans l'encadrement de la porte. J'ai remonté les couvertures sous mon menton.

« Habillez-vous, prenez vos affaires personnelles et gagnez le parking.

— Qui êtes-vous ? ai-je demandé.

— FBI. C'est un raid. N'ayez pas peur. Tout va bien. »

Dans le lit voisin, Missy écarquillait les yeux. Je me suis levée en toute hâte et j'ai regardé par la fenêtre. Il y avait une vingtaine de véhicules alignés, leurs gyrophares allumés. Mon cœur s'est mis à battre à tout rompre.

« Que se passe-t-il ? » m'a demandé Missy. Pour une fois, elle n'avait pas pris un ton dominateur. Je sentais la peur dans sa voix.

« Je n'en sais rien. Je crois que c'est une intervention des agents fédéraux.

— Mais pourquoi font-ils ça ? » Elle semblait tellement bouleversée que pendant un instant j'ai été désolée pour elle. Un instant seulement.

Je me suis habillée et me suis précipitée dehors. Cassie, V et Laurel formaient déjà un cercle, serrées les unes contre les autres dans le froid du petit matin.

« Tu étais au courant ? ai-je demandé à V.

— J'allais te poser la question. »

Cinq minutes plus tard, Babe est arrivée d'un pas élastique, un grand sourire aux lèvres. « Alors, Brit, c'est à toi qu'on doit ça ?

— Je n'ai aucune idée de ce qui se passe et j'ignore à qui on le doit. »

Nous sommes donc restées là, tandis que quelque cent quatre-vingt-sept filles encore ensommeillées, vêtues de l'uniforme de Red Rock, sortaient une à une du bâtiment. Une cinquantaine d'agents du FBI couraient un peu partout. Au bout d'une heure, une dame est arrivée et a fait l'appel. « Ne bougez pas, mesdemoiselles. Votre petit déjeuner sera servi bientôt. Ne vous éloignez pas, s'il vous plaît. »

Un peu plus tard, un camion est arrivé et des agents nous ont distribué des beignets, du jus d'orange et du café. Du café ! C'était un vrai nectar, le goût de la liberté. Pour nous qui ignorions tout de ce qui se passait, le café signifiait le retour au monde réel.

Nous avions beau poser des questions, elles restaient sans réponse, si ce n'est que Red Rock faisait l'objet d'une enquête.

À la fin de la matinée, toutes les pensionnaires étaient toujours dehors. Assises sous les arbres, nous buvions les bouteilles d'eau qu'on nous avait fournies. Puis la dame au bloc-notes nous a dit que nos parents avaient été avertis et qu'ils allaient venir nous chercher. Celles d'entre nous que leurs parents n'auraient pas récupérées en fin de journée seraient conduites en bus en ville, où l'on s'occuperait d'elles.

« Rends-toi compte, Brit chou, on va sortir d'ici ! » a lancé Babe d'une voix étranglée par l'émotion.

Cassie s'est mise à rire. « C'est bien ma chance, alors que j'allais sortir dans une semaine de mon propre chef. Mais je suis ravie pour vous, les filles. »

Encore incrédules, nous observions en silence ce qui se passait. À l'heure du déjeuner, les parents ont fait leur apparition. Dès leur arrivée, ils se précipitaient vers leurs enfants, qu'ils étreignaient jusqu'à les étouffer, comme dans les reportages télé après une fusillade dans une école.

C'est Pam, dont le père vivait à Las Vegas, qui nous a montré l'article. Trois pages dans l'hebdomadaire national *American Times*. Intitulé « Un comportement inquiétant », il était signé d'un certain Skip Henley. Tout y était : nos récits, la fraude à l'assurance santé, les antécédents du Shérif, les déclarations des ex-pensionnaires, plus des commentaires de psychiatres sur l'inefficacité et la nocivité des méthodes thérapeutiques en vigueur à Red Rock. Babe, V et Cassie lisaient par-dessus mon épaule.

Quand on a eu terminé, Cassie m'a regardée en sifflant entre ses dents. « Ben alors, Brit, j'en suis sur le cul.

— Et moi, je reste sans voix », a dit Babe, qui effectivement s'est tue.

V était muette, elle aussi. Elle se contentait de me regarder avec une expression qui signifiait : *« C'est toi qui as fait ça ? C'est nous qui avons fait ça ? Comment y sommes-nous parvenues ? »*

Nous n'aurions que plus tard le fin mot de l'histoire. La famille de Martha avait contacté sa députée, qui avait diligenté une enquête. Celle-ci allait s'enliser lorsque l'article de Skip Henley l'avait relancée. Le Shérif était déjà sous le coup d'une plainte pour escroquerie par courrier.

J'apprendrais également plus tard que Henley m'avait couru après lorsque je m'étais enfuie, non pas pour me chasser ou me tirer dessus, mais pour tenter de me rattraper afin que nous parlions. Trop tard. J'avais déjà regagné la camionnette de Beth et Ansley. Il était alors rentré chez lui et s'était attaqué au dossier.

Et c'est plus tard enfin que je saurais ce qui allait arriver à mes sœurs. Parce qu'à ce moment même, qui ai-je vu, fendant la foule ? Mon père.

Pâle, les yeux injectés de sang, les cheveux en bataille, il avait l'air de quelqu'un qui a reçu un coup de massue. Il tenait à la main un exemplaire de l'*American Times*.

« Excellent article, n'est-ce pas ? » ai-je plaisanté pour détendre l'atmosphère.

Il n'a pas souri pour autant. Il a hoché la tête et m'a dit d'une voix blanche : « Je n'ai pas eu le courage de le finir. Je ne veux pas savoir ce que je t'ai fait subir. »

Ces paroles m'ont rendue furieuse, mais, contrairement à ce que j'avais éprouvé lors de sa visite-surprise, de la sympathie se mêlait cette fois à la colère.

« Tu ne crois pas qu'il est temps d'arrêter ça ? ai-je demandé.

— D'arrêter quoi, ma chérie ?

— De refuser de voir la vérité en face. »

Il a levé les yeux vers moi et a de nouveau secoué la tête. Mais son expression l'a trahi. C'était le même masque de fatigue, de tristesse et de crainte qu'il avait porté pendant un an à la suite du départ de maman. J'avais toujours été attendrie en le voyant désemparé et, comme toujours, quelque chose en moi a eu envie de lui épargner un surcroît de souffrance. Cela ne nous rendait toutefois pas service. J'ai donc pris une profonde inspiration avant de poursuivre : « Tu as peur parce que tu as perdu maman et maintenant tu as peur de me perdre. » J'ai senti ma voix prête à se briser. « Tu as peur que je ne devienne folle à mon tour. C'est pourquoi tu m'as éloignée. »

Il a secoué la tête avec plus de force encore. « Non, ma chérie, ce n'est pas à cause de ça. Je t'ai envoyée au mauvais endroit, mais pour le bon motif.

— Arrête de me mentir ! me suis-je écriée. Arrête de te mentir ! Je t'aime et je t'aimerai toujours, mais je ne tolérerai plus que tu nous fasses subir ce genre de choses. Tu m'as éloignée parce que tu me considères comme de la marchandise avariée. Eh bien, non, je ne suis pas de la marchandise avariée. Je suis la fille de ma mère. Ma mère que j'aimais et que j'ai perdue, moi aussi. »

Papa est resté quelques instants silencieux, puis il m'a prise dans ses bras. Je le sentais trembler contre moi et, soudain, un grand calme m'a envahie. Il laissait ses larmes couler et c'était comme si elles entraînaient ma tristesse, ma colère et ma peur. C'était une impression curieuse. Quand il a repris contenance, il a reculé et m'a regardée comme s'il me voyait pour la première fois, puis il a relevé la mèche de cheveux qui me tombait sur l'œil. « Depuis quand ma petite fille a-t-elle acquis autant de sagesse ? » a-t-il demandé en souriant.

J'ai éclaté de rire. Je ne m'étais pas sentie aussi légère depuis des années. « Viens, papa, je voudrais te présenter quelques personnes », ai-je dit en tendant l'index en direction des Sœurs. J'étais sur le point de me diriger vers elles lorsque j'ai aperçu quelque chose, ou plutôt quelqu'un, du coin de l'œil. Comme j'avais les yeux embués et que le soleil m'éblouissait, je me suis dit que j'étais victime d'une illusion d'optique. Ou que je prenais mes désirs pour des réalités. Sauf que l'illusion d'optique a prononcé mon nom. « Brit ! Brit Hemphill !

— Jed. » J'essayais de crier, mais seul un faible murmure est sorti de ma bouche.

Jed a pourtant dû m'entendre, car il s'est dirigé vers moi à grandes enjambées. Papa, qui me tenait toujours la main, nous a regardés alternativement. Un instant, il a eu l'air désemparé, puis son expression a changé lorsqu'il a compris la situation. Il est redevenu soucieux et stressé, mais j'ai posé ma main sur la sienne avec un grand sourire, pour qu'il comprenne que tout allait bien. Que moi, j'allais bien. Il a retenu ma main quelques instants, puis il l'a lâchée.

Je me suis précipitée vers Jed et me suis jetée dans ses bras. Je l'ai embrassé et je suis restée là, tout contre lui, pendant qu'il couvrait mon visage de baisers. Derrière moi, j'entendais les Sœurs qui applaudissaient comme à la fin d'un beau film. À ce moment-là, j'ai compris que les épreuves que je traversais depuis quelques années se terminaient enfin. Et que quelque chose d'autre allait commencer.

CINQ MOIS PLUS TARD...

Huit villes, onze jours, deux mille kilomètres, dix chambres d'hôtel et vingt-sept burritos plus tard, à la fin de ma première tournée avec Clod, j'aurais dû passer mon temps à dormir, mais en vérité je ne m'étais jamais sentie aussi en forme. J'adorais jouer en concert et je m'éclatais en testant mes nouvelles chansons – des titres comme *Un tas de cendres* et *L'âme de Clayton est un trou noir*. Et, bien sûr, je passais toutes les heures du jour et de la nuit avec Jed. Quand j'étais sur la route, j'avais l'impression que la vie m'offrait des possibilités infinies.

Je me sentais libre. Ce qui est assez curieux, compte tenu que quelque temps auparavant j'étais tout sauf libre. En un sens, j'avais eu du mal à croire que j'avais l'autorisation de partir en tournée pendant les vacances d'hiver. Je m'étais attendue à ce que mon père refuse tout net. Mais il a écouté mes arguments. Il a admis que ses craintes reposaient sur sa propre expérience, car il sait jusqu'où des filles de dix-sept ans sont capables d'aller juste pour approcher le groupe. Je lui ai rappelé que je n'étais pas une groupie, mais un membre du groupe.

Quelques jours après, il a assisté pour la première fois à un concert de Clod et à la fin, dans les coulisses,

217

je l'ai surpris en train de me regarder différemment. Il n'avait plus son expression habituelle, mélange de peur et de tristesse, mais l'air rêveur qu'il prenait lorsqu'il était fier de moi. Le lendemain matin, il m'a autorisée à partir en tournée, à la condition, notamment, que je l'appelle chaque jour. Et nos conversations téléphoniques pendant la tournée ont été infiniment plus agréables que celles que nous avions à l'époque de Red Rock. Papa me posait des tas de questions sur le déroulement du concert et il m'a même raconté des anecdotes du temps où il partait en tournée, lui aussi, alors qu'il n'en parlait pratiquement jamais depuis des années.

Quant à maman, c'est une autre histoire. Quelques semaines après avoir quitté Red Rock, je suis allée lui rendre visite avec ma grand-mère et, pour dire la vérité, elle était dans un état épouvantable. Quand elle ne délirait pas à propos de signaux radio qu'elle sentait la traverser, elle regardait dans le vide. Elle n'a pas eu non plus l'air de me reconnaître. Je suis retournée la voir le jour où nous avons joué à Spokane. Jed avait insisté pour m'accompagner. Heureusement, cette fois, elle ne traversait pas une phase parano. Elle était calme, avec un comportement enfantin. Elle souriait et m'a même tenu la main. Après notre départ, j'ai eu envie de demander à Jed s'il craignait de me voir finir comme elle, mais plus tard, au moment du concert, j'ai aperçu mon reflet dans les glaces et je me suis dit que la meilleure façon de répondre à cette question était de cesser de me la poser.

Cela peut paraître sorti d'un vrai mélo, mais la dernière étape de la tournée de Clod a eu lieu au Cafenomica, et pas à cause de moi. Depuis le concert que nous y avions donné en mars, le patron nous demandait en effet de renouveler l'expérience. Et lorsque nous nous y sommes produits de nouveau, c'était comme si tous les moins de vingt-cinq ans de Saint George étaient venus nous applaudir. Beth et Ansley étaient là et elles trépignaient comme des folles. On s'est donnés tellement à fond que les vitres en ont tremblé.

Le lendemain, Beth et Ansley m'ont conduite à Red Rock, tandis que le reste du groupe regagnait l'Oregon. Sans trop savoir pourquoi, j'avais envie de retourner là-bas. Était-ce pour en finir avec cet endroit ? Pour conjurer une fois pour toutes mes démons intérieurs ? Mais lorsque je me suis retrouvée à la place de l'ancienne carrière, à présent envahie par les herbes folles, je n'ai rien ressenti, si ce n'est l'impression que cette période était définitivement close. Cet endroit n'avait plus aucun pouvoir sur moi.

Je pensais aux Sœurs. En quelque sorte, nous avions toutes remporté une victoire sur nous-mêmes. Martha, maintenant épanouie dans une taille 44, avait demandé à ses parents de l'accepter telle qu'elle était et envisageait de se présenter à un concours de beauté de rondes. Cassie avait lancé un club homo-hétéro-bi dans son école (même si elle n'arrivait pas à décider dans quelle catégorie elle tombait). Et Babe la cynique, qui trouvait idiot de sortir avec un seul garçon, était tombée éperdument amoureuse d'un pensionnaire de l'établissement mixte où elle se trouvait maintenant. V elle-même, qui s'était barricadée dans un trou perdu de l'Utah pour se sentir en sécurité, envisageait de voyager seule à l'étranger. Pour plaisanter, elle disait que désormais c'était nous qui pouvions être une publicité pour Red Rock. Sauf qu'on ne nous avait pas aidées à Red Rock. Nous nous étions aidées nous-mêmes.

Beth et Ansley m'ont déposée à l'arrêt du bus, où j'ai pris un car crachotant qui m'a conduite à Grand Canyon Village. Tandis que j'avançais vers l'endroit du rendez-vous, je me suis imprégnée de la splendeur du paysage : les strates brunes, rouges et roses des falaises, la gorge profonde, le ruban vert jade du fleuve Colorado. Le spectacle était encore beaucoup plus impressionnant que sur les photos et j'en ai eu le frisson. Et puis je les ai aperçues. Elles étaient sur l'un des points de vue panoramiques, leurs silhouettes découpées par la lumière éblouissante de l'après-midi. V observant les lieux avec l'allure fière d'une Amazone, comme si elle en était la propriétaire. Babe, toujours aussi grand style, appuyée contre le garde-fou, l'air de prendre la pose pour la photo. Cassie montrant du doigt quelque chose dans le canyon, un grand sourire aux lèvres. Et Martha filmant la vue, caméra en main. Je me suis arrêtée pour regarder mes sœurs qui m'attendaient là-bas, près du précipice. Puis je suis allée les rejoindre.

Note de l'auteur

Les Cœurs fêlés est un ouvrage de fiction. Lorsque je
collaborais au magazine pour adolescentes *Seventeen*,
j'avais écrit un article sur les camps de redressement.
Ce sont des endroits qui partagent certaines caractéristiques avec la Red Rock Academy issue de mon
imagination, sans être toutefois aussi durs. Pour l'occasion, j'avais rencontré de nombreux adolescents qui
avaient été envoyés dans ce genre d'établissements.
Certains y avaient été emmenés en pleine nuit sous
bonne escorte, d'autres s'y étaient retrouvés par la
volonté de leurs parents qui croyaient bien faire.
J'avais discuté avec des pères et des mères qui étaient
authentiquement persuadés d'agir pour le bien de leurs
enfants, quoique certains aient fini par douter d'avoir
fait le bon choix après avoir entendu parler de ce qui se
passait dans ces institutions, soit par les enfants eux-
mêmes, soit par les médias, soit à la suite des enquêtes
officielles.

Ce qui m'attristait, et qui m'a donné envie d'écrire
ce livre, c'était qu'à l'évidence beaucoup de jeunes qui
se trouvaient dans ces établissements avaient besoin
d'aide. Certains se droguaient, d'autres étaient en
échec scolaire, d'autres encore souffraient de troubles

du comportement alimentaire ou se battaient contre la dépression. Mais les équipes qui travaillaient dans ces camps de redressement semblaient avant tout se préoccuper de punir les élèves, de les mater. Or ces jeunes avaient besoin qu'on les aide à se construire, qu'on s'occupe d'eux, qu'on les comprenne. Ils avaient besoin d'être suivis par des professionnels qualifiés. C'est cela, la psychothérapie.

Il y a des moments, dans la vie, où il est essentiel de pouvoir se confier à une oreille attentive. La plupart des psychothérapeutes se soucient du bien-être de leurs patients et veulent les voir heureux. Il est triste de constater qu'il existe encore des institutions où l'on traite ces jeunes « à la dure », prétendument pour leur bien, mais, Dieu merci, elles sont l'exception et non la règle.

Postface de l'éditeur

> « *Qu'un ami véritable est une douce chose !*
> *Il cherche vos besoins au fond de votre cœur ;*
> *Il vous épargne la pudeur*
> *De les lui découvrir vous-même ;*
> *Un songe, un rien, tout lui fait peur*
> *Quand il s'agit de ce qu'il aime.* »

La Fontaine, *Les Deux Amis*, Fables, 1678[1]

« Toutes pour une et une pour toutes »

C'est le cri de ralliement des cinq sœurs de cœur. Cinq contre tous : Babe, « une brindille à l'air prétentieux », Cassie, « une solide Texane », Martha, « une grosse fille », Virginie, ou plutôt V, « comme Virginia, comme Victoire et comme Va te faire foutre », sans oublier Brit, l'héroïne du roman. Cinq filles rebelles et volontaires qui ont décidé de dire non à la machine à broyer les personnalités qu'est Red Rock, et qui décident de s'unir pour résister. Cinq mains qui se tendent pour sceller une union sans faille.

---

1. *Choix de fables*, Pocket, 2006, p. 149.

Le leitmotiv scandé par ces révoltées en rappelle bien sûr un autre. Le célèbre « Un pour tous, tous pour un » immortalisé par Alexandre Dumas dans *Les Trois Mousquetaires*[1], roman paru en 1844 et très souvent porté à l'écran au XXe siècle. Une devise qui, depuis, a largement débordé le cadre de la littérature pour devenir *la* phrase symbole de l'amitié que revendiquent celles et ceux qu'unit un lien très fort allant bien au-delà d'une simple réunion d'intérêts communs.

On le sait, dans le roman de Dumas, les mousquetaires sont quatre, en réalité. Se retrouvant sous le même uniforme pour servir le roi Louis XIII, ils sont pourtant très dissemblables, à tous points de vue. Comme le sont les cinq Sœurs. Comme le sont le plus souvent les vrais amis. Athos, un noble ruiné et désespéré, a une âme romantique et hautaine. Porthos est un géant débonnaire et un peu vaniteux. Aramis, le chevalier d'Herblay, aime les amours secrètes, les intrigues de cour, tout en restant très attaché à sa religion. Quant à d'Artagnan, c'est un Gascon fougueux et rusé. Or, si ce roman a connu et connaît encore un succès planétaire, c'est non seulement parce qu'il met en scène quatre types humains représentatifs en qui l'on peut se reconnaître, mais aussi parce qu'il montre parfaitement ce qui constitue l'essence même de l'amitié.

La formule réécrite par Gayle Forman le dit bien, et met en évidence cette équation paradoxale qui est au cœur du sentiment et fait toute sa force. Un = tous, et tous = un. La grammaire s'en trouve bafouée (le singulier devenant pluriel, et *vice versa*). Les lois mathéma-

1. Pocket Classiques, 2009.

tiques sont mises en échec (puisque un = plusieurs, et inversement) !

Dans l'amitié, le groupe prime désormais sur l'individu au point de former un seul corps. Ainsi, avant de se quitter, les adolescentes éprouvent le besoin d'unir leurs corps pour former un cercle à partir duquel vont se tendre leurs bras, comme autant de rayons convergeant vers un centre unique et indivisible représentant l'amitié. Une attitude emblématique qu'adoptent aussi souvent les mousquetaires dans le roman de Dumas et dans ses nombreuses adaptations (films, albums, BD, etc.).

L'amitié mise à l'épreuve

On mesure bien les difficultés que soulève inévitablement un tel renversement des règles sociales habituelles. Il faut s'oublier soi-même pour se fondre dans le groupe, et par conséquent faire preuve de qualités d'âme assez exceptionnelles. Être capable de dompter son égoïsme naturel, ses jalousies, ses rancœurs, ses désirs, ses pulsions profondes, ses joies, son amour-propre…

Difficile exercice, n'est-ce pas, que celui qui demande un *don* total de soi dans des moments particulièrement éprouvants ! Le groupe des Sœurs en fait l'amère expérience après leur séparation forcée, et quand Brit se montre très ingrate vis-à-vis de V. Une attitude qui déçoit terriblement Cassie. Pourtant, le groupe sait rester uni jusqu'au bout, malgré les épreuves. Et c'est aussi ce qui sauve les quatre amis musiciens de Clod : Erik, Denise, Jed et Brit.

Comme dans l'amour, la mise à l'épreuve conduit certes les amis aux limites du supportable, mais elle est hélas absolument nécessaire. L'éloignement, le temps qui passe, les agressions sociales de toutes sortes, la tromperie, tout concourt à distendre et à dissoudre un lien qui s'use et se corrompt. C'est pourquoi, plus que tout autre sentiment, l'amitié distingue les âmes d'exception capables de surmonter ces dangers.

Ainsi, dans la fable *Les Deux Amis*, La Fontaine nous propose une image qu'on peut juger peut-être trop idéale de l'amitié, mais qui en dit long sur les sentiments très forts qui unissaient le poète au surintendant des Finances de Louis XIV, Nicolas Fouquet. Durant toute sa vie, et contre ses propres intérêts, La Fontaine défendra la mémoire de son ami et protecteur, emprisonné jusqu'à sa mort par le roi au moment de sa prise du pouvoir en 1661[1]. Dans sa fable, l'écrivain résume les caractéristiques complémentaires de l'amitié idéale en les attribuant habilement à deux habitants d'un pays utopique, le Monomotapa. Le premier « *court* » proposer sa compagnie et son aide morale, au cas où l'autre serait simplement « *un peu triste* ». Le second vient aussitôt à sa rencontre pour lui proposer sa bourse, s'il était ruiné, ou son épée, si son ami se trouvait pris dans un vilain duel. Dans l'un et l'autre cas, l'ami est celui qui se précipite au-devant des besoins de l'autre et qui va jusqu'à s'inquiéter d'un simple songe !

Bien au-delà d'un contrat passé entre des personnes, l'amitié véritable n'a donc rien à voir avec de banals

---

1. Cette prise du pouvoir est racontée par Jean-Côme Noguès dans *L'homme qui a séduit le Soleil*, paru aux éditions Pocket Jeunesse en 2008. Un roman qui met notamment en scène Molière et La Fontaine. Au cours d'une soirée d'été mémorable, qui fera date dans l'histoire de France, Louis XIV fait arrêter Fouquet qui vient de le recevoir somptueusement dans son château de Vaux-le-Vicomte…

échanges de bons procédés, des associations d'intérêts convergents ou de quelconques accointances. Elle lie et soude intimement et définitivement des personnes prêtes à tout donner aux autres sans rien attendre en retour. La *gratuité* est sa marque distinctive, c'est pourquoi elle est si précieuse dans notre monde de plus en plus gangrené par l'individualisme ! Comme le soulignait La Fontaine dans sa fable *Parole de Socrate* (1668) :

> « Chacun se dit ami ; mais fol qui s'y repose :
> Rien n'est plus commun que ce nom,
> Rien n'est plus rare que la chose. »

Amour ou amitié ?

On pourrait se demander dès lors ce qui distingue les deux mots : « *amour* » et « *amitié* », car tous deux définissent un sentiment fort, exceptionnel, qui semble déterminer toute une vie lorsqu'il est authentique.

La spécialisation des deux termes ne s'est faite que très progressivement dans la langue française. Et l'on peut noter qu'aujourd'hui encore le mot « ami » peut signifier « amant », et que le verbe « aimer » peut s'appliquer indifféremment à l'amour et à l'amitié ! Ce n'est que vers 1735, avec l'apparition de l'adjectif « amical », que le mot « amitié » s'est spécialisé dans la relation particulière qu'il désigne aujourd'hui. Mais des ambiguïtés demeurent qui montrent combien les relations dites « amicales » sont proches des attaches amoureuses, la frontière entre les deux sentiments étant parfois très ténue.

Il convient de se souvenir, par exemple, des liens très forts qui ont uni les deux philosophes Montaigne et La Boétie. Une amitié qu'on donne souvent en modèle.

Dans un chapitre des *Essais*[1] daté de 1580 et intitulé *De l'amitié*, Montaigne écrit ces phrases désormais célèbres : « Si on me presse de dire pourquoi je l'aimais, je sens que cela ne se peut exprimer qu'en répondant : "Parce que c'était lui, parce que c'était moi." » Et le philosophe d'ajouter : « Il y a, au-delà de tout mon discours, et de ce que j'en puis dire particulièrement, [je] ne sais quelle force inexplicable et fatale, médiatrice de cette union. Nous nous cherchions avant que de nous être vus […] ; nous nous embrassions par nos noms. » Le destin semble présider à cette rencontre et, dès le premier contact, les deux amis pressentent cette unité de cœur qui les unira. Au fond, ce que décrit Montaigne n'est pas très éloigné de ce que les romantiques appelleront le « coup de foudre », et, si l'on fait exception des relations sexuelles, quelle différence établir entre amitié et amour ?

Dans le film *Jules et Jim* sorti en 1962, basé sur une histoire vraie, et devenu depuis un classique du cinéma, François Truffaut montre d'ailleurs les relations troubles qu'entretiennent amour et amitié. Dans le Paris de 1907, deux étudiants, Jules et Jim – l'un autrichien, l'autre français –, se lient d'une amitié profonde. Ils font la connaissance de Catherine (Jeanne Moreau), qui tombe amoureuse des deux garçons. Le trio est alors pris dans le tourbillon[2] de la vie et des sentiments. Catherine va aimer successivement Jules, puis Jim, et, de brouille en réconciliation, l'amour et l'amitié mêlés survivent malgré tout avant un dénouement tragique.

1. Montaigne, *Essais*, Pocket Classiques, 2009.
2. C'est le titre de la célèbre chanson du film, que chante Jeanne Moreau.

Filmée avec beaucoup de tendresse et de pudeur, l'histoire met bien en évidence les beautés et les dangers de ces intermittences du cœur.

Gayle Forman, quant à elle, nous montre que l'amour entre Jed et Brit ne nuit pas aux relations d'amitié, que ce soit entre les musiciens de Clod ou les Sœurs du Club Fermé des Fêlées. Bien au contraire. On sent que l'amour est au diapason d'une amitié qui lui est indissociable, l'un confortant l'autre et transformant profondément tous les protagonistes. Le père de Brit ne s'y trompe pas qui, à la fin, regarde sa fille « différemment ».

L'amour *et* l'amitié changent et enrichissent les êtres en leur montrant la voie de la « vraie vie » qu'à seize ans Rimbaud appelait de ses vœux. « Oh ! là là ! que d'amours splendides j'ai rêvées[1] ! », écrit-il, donnant au mot « *amour* » son sens le plus large et sans doute le plus beau…

1. *Ma bohème*, 1870.

Si vous avez aimé
Cœurs fêlés

découvrez
un extrait de

Si je reste

du même auteur
dans la même collection

7 h 09

S'il n'avait pas neigé, sans doute ne serait-il rien arrivé.

Ce matin, à mon réveil, une fine couche blanche recouvre le gazon devant la maison et de légers flocons tombent sans relâche.

Dans la région de l'Oregon où nous vivons, quelques centimètres de neige suffisent à paralyser l'activité du comté pendant que l'unique chasse-neige dégage les routes. Il n'y aura donc pas classe aujourd'hui. Teddy, mon petit frère, pousse un cri de joie en entendant l'annonce à la radio. « On va faire un bonhomme de neige, papa ! » s'exclame-t-il.

Mon père tapote sa pipe. Il est dans sa période années 1950 et fumer la pipe en fait partie, avec le port du nœud papillon. Je ne sais si c'est une façon de montrer qu'il est rentré dans le rang, en tant qu'ancien punk, ou s'il s'est vraiment assagi en devenant professeur d'anglais. Toujours est-il que j'adore l'odeur de son tabac, un arôme à la fois doux et épicé, qui me rappelle l'hiver et les feux de bois.

« Avec cette neige molle, le résultat ressemblera à une amibe, j'en ai peur », répond-il en souriant à Teddy.

Il n'est pas mécontent que tous les établissements scolaires du comté soient fermés, y compris mon lycée et le collège où il enseigne, car il bénéficie d'une journée de congé inattendue, lui aussi.

Ma mère, qui travaille pour une agence de voyages de la ville, éteint la radio. « Si vous vous la coulez douce tous les trois, il n'y a pas de raison que j'aille accomplir mon dur labeur, dit-elle en se versant une autre tasse de café. Ce ne serait pas juste. Je vais prévenir de mon absence. »

Après avoir passé son appel, elle se tourne vers nous. « Et si je préparais le petit déjeuner ? » demande-t-elle.

Sa question déclenche mon hilarité et celle de mon père. Il faut dire que, chez nous, c'est lui qui est aux fourneaux. Sur le plan culinaire, ma mère limite son apport au strict minimum et tout le monde s'en porte bien.

Elle fait mine de ne s'apercevoir de rien, fouille dans un placard de la cuisine et en sort un paquet de préparation pour pâte à crêpes.

« Vous voulez des pancakes ? interroge-t-elle.

— Oui, oui ! hurle Teddy en agitant frénétiquement le bras. On peut en avoir avec des pépites de chocolat ? »

L'énergie de mon petit frère m'étonnera toujours.

Maman me tend un gobelet de café fumant, puis va chercher le journal.

« Regarde à l'intérieur, Mia, il y a une photo sympa de ton petit copain », annonce-t-elle en me jetant un regard en coin accompagné d'un haussement de sourcils. C'est sa façon de me faire savoir qu'elle se pose des questions. « On ne l'a guère vu depuis cet été.

— Je sais. »

C'est le revers du succès que rencontre Shooting Star, le groupe rock dans lequel joue Adam. Je ne peux retenir un soupir.

« Ah ! la célébrité, quel crime de la laisser gâcher par des jeunes ! » déclame papa, paraphrasant la formule de George Bernard Shaw sur la jeunesse. Mais son sourire contredit ses paroles. En fait, il est fier de la réussite d'Adam.

Je feuillette le journal. À la page des loisirs, après un long article sur le groupe Bikini illustré par une grande photo de leur chanteuse, la diva punk-rock Brooke Vega, je découvre en effet quelques lignes sur l'orchestre local Shooting Star et une petite photo de ses quatre membres. Bikini est en tournée nationale, peut-on lire, et Shooting Star assure leur première partie dans la région de Portland. Mais le journaliste ne mentionne pas l'information qui compte encore plus pour moi : hier soir, d'après le texto qu'Adam m'a envoyé à minuit, Shooting Star a fait salle comble dans le club de Seattle où ils jouaient en vedette.

« Tu y vas ce soir ? »

La voix de mon père me tire de ma lecture.

« Oui, sauf si les routes sont fermées à cause de la neige.

— M'est avis que le blizzard menace, effectivement, plaisante papa en désignant du doigt un flocon solitaire qui volette.

— Je dois aussi répéter avec un pianiste, un étudiant qu'a déniché Christie », dis-je. Christie, ancien professeur de musique de l'université, me donne des cours depuis plusieurs années et elle est toujours en quête de partenaires pour m'exercer. « Il faut te maintenir au top pour en remontrer à tous ces snobinards de la Juilliard School », répète-t-elle.

La Juilliard School… Je n'ai pas encore été admise à cette prestigieuse école de musique de New York, mais mon audition s'est bien passée. Chostakovitch et la suite de Bach ont coulé de mon violoncelle comme si mes doigts étaient une extension des cordes et de l'archet. À la fin, l'un des examinateurs a applaudi discrètement, ce qui ne doit guère être fréquent. De plus, au moment où je me retirais, le cœur battant et les jambes en coton, il a ajouté qu'il y avait longtemps qu'on n'avait vu à l'école « une fille du fin fond de l'Oregon ». Christie en a déduit que j'allais être reçue. Pour ma part, je n'en étais pas certaine. Je n'étais pas non plus certaine à cent pour cent de le souhaiter, sachant qu'une admission à la Juilliard School compliquerait mon existence, au même titre que l'ascension foudroyante de Shooting Star.

Je me tourne vers ma mère qui propose une nouvelle tournée de café. « Je suis tentée de me recoucher, dis-je. Impossible de faire mes exercices, mon violoncelle est à l'école.

— Vingt-quatre heures sans exercices ! Le paradis ! » s'exclame-t-elle, ravie. Si elle a fini par apprécier la musique classique, ses oreilles se lassent parfois de mes répétitions-marathons.

Pour le moment, c'est un vacarme d'enfer qui se déclenche à l'étage. Teddy s'escrime sur la batterie. L'instrument a appartenu à mon père, à l'époque où, tout en étant employé chez un disquaire, il en jouait dans un groupe qui connaissait un joli succès local, et en voyant son visage s'éclairer, j'ai un pincement au cœur. Je me suis toujours demandé s'il n'aurait pas préféré me voir suivre la même voie que lui et devenir une rockeuse. À vrai dire, j'en avais l'intention, mais, à l'école primaire, je me suis orientée vers le violoncelle. Pour moi, cet instrument avait quelque chose d'humain. J'imaginais qu'il révélait des secrets à l'oreille de ceux qui en jouaient et j'ai voulu faire partie de ces confidents. C'était il y a bientôt dix ans et, depuis, je n'ai plus quitté mon archet.

« Adieu la grasse matinée ! » Maman a dû crier pour tenter de couvrir le tintamarre de Teddy.

« La neige fond déjà », constate mon père en tirant sur sa pipe.

Je vais à la porte et jette un coup d'œil au-dehors. Effectivement, un rayon de soleil filtre à travers les nuages et réchauffe le sol.

« Les autorités se sont affolées pour pas grand-chose », dis-je.

Ma mère approuve de la tête. « Sans doute. Mais l'école est annulée et ils ne peuvent revenir là-dessus. Et moi, j'ai prévenu l'agence que je ne venais pas.

— Dans ce cas, pourquoi ne pas en profiter pour aller quelque part ? suggère papa. On pourrait rendre visite à Henry et Willow. »

Henry et Willow sont un couple d'amis que mes parents ont connus quand ils faisaient de la musique. Avec l'arrivée d'un enfant dans leur foyer, ils ont décidé de se comporter enfin en adultes. Ils vivent dans un vieux corps de ferme. Henry a converti une grange en bureau et gagne sa vie grâce au télétravail, tandis que Willow est infirmière dans un hôpital voisin. Leur bébé, une petite fille, est la véritable raison qui pousse mes parents à aller les voir. Ils sont ravis à l'idée de pouponner. Il faut dire qu'avec Teddy qui vient d'avoir huit ans, et moi qui en ai dix-sept, il y a longtemps que ce genre d'activités n'est plus à l'ordre du jour chez nous.

« On pourra s'arrêter au retour à la librairie d'occasion », propose maman.

C'est une façon de m'inciter à les accompagner. Dans le fond de la boutique se niche un rayon de vieux disques classiques dont je semble être l'unique cliente. J'en ai toute une pile que je cache sous mon lit, car ce n'est pas le genre d'objets que l'on expose fièrement.

Je sortais depuis cinq mois avec Adam lorsque je me suis enfin décidée à les lui montrer. Je m'attendais à ce qu'il éclate de rire en les voyant. Il faut dire qu'avec ses jeans délavés, ses baskets noires, ses T-shirts punk-rock et ses tatouages subtils, c'est le type de garçon cool qu'on ne s'attend pas à trouver aux côtés d'une fille comme moi. D'ailleurs, lorsque je me suis aperçue qu'il me regardait jouer dans les studios de musique de l'école, il y a deux ans, j'ai pensé que c'était par moquerie et je l'ai évité.

Pour en revenir aux disques, il n'a pas ri du tout. En fait, il avait lui-même une collection de disques punk-rock qui prenaient la poussière sous son lit.

Mon père tend la main vers le téléphone.

« On pourrait aussi passer chez les grands-parents et dîner de bonne heure avec eux, ce qui permettrait de te ramener à temps pour ta soirée à Portland, Mia. Qu'en penses-tu ?

— Entendu », dis-je.

Le fait qu'Adam soit en tournée, que j'aie laissé mon violoncelle à l'école et que ma meilleure amie, Kim Schein, soit occupée de son côté n'interviennent pas dans ma décision. Pas plus que la perspective de passer au rayon vieux disques. Je préfère tout simplement sortir avec ma famille plutôt que de rester à la maison à dormir ou à regarder la télé. Ce n'est pas non plus le genre de choses que l'on crie sur les toits, mais Adam le comprend aussi très bien.

Mon père met ses mains en porte-voix. « Teddy, hurle-t-il, prépare-toi ! Nous partons pour la grande aventure. »

Mon petit frère termine son solo de batterie sur un claquement de cymbales à nous percer les tympans. Quelques instants plus tard, il déboule dans la cuisine, déjà habillé pour sortir, comme s'il avait enfilé ses vêtements en dégringolant l'escalier de notre vieille maison pleine de courants d'air. « *School's out for summer...* » chantonne-t-il.

« Ah non, pas Alice Cooper ! proteste papa. Comme si nous n'avions pas d'autres références ! Les Ramones, par exemple. »

Nullement démonté, Teddy poursuit comme si de rien n'était. « *School's out forever...* »

Maman éclate de rire et dépose une assiette pleine de crêpes – légèrement brûlées – sur la table de la cuisine. « En attendant, prenons des forces », dit-elle.

Personne ne se fait prier pour obéir.

8 h 17

Notre voiture est une antique Buick qui n'était déjà plus toute jeune lorsque papy nous en a fait cadeau, à la naissance de Teddy. Jusqu'alors, mon père avait refusé de passer son permis, préférant se déplacer à vélo. Cela agaçait les autres musiciens de son groupe, car il ne pouvait les relayer au volant pendant leurs tournées. Quant à maman, elle avait tout essayé pour le faire changer d'avis, même l'humour. En vain.

Quand elle a attendu mon frère, elle s'est vraiment fâchée et papa a enfin compris qu'il devait changer d'attitude. Il a passé son permis et, dans la foulée, a repris ses études afin de devenir professeur. Avec deux enfants, il n'était plus question pour lui de continuer à jouer les adolescents attardés. Le temps du nœud papillon était venu.

Il en porte un ce matin, avec des richelieus rétro et un manteau moucheté. Ce n'est pas vraiment une tenue pour la neige, mais il aime ce genre de contraste.

Après avoir gratté le pare-brise avec l'un des dinosaures en plastique de Teddy qui jonchent le gazon, papa met le contact et doit s'y reprendre à plusieurs fois pour que la voiture démarre. Comme d'habitude, c'est la bagarre dès qu'il faut choisir ce qu'on va écouter pendant le trajet. Maman veut mettre les informations, papa, Frank Sinatra, Teddy, Bob l'Éponge. Quant à moi, j'aimerais Radio-Classique, mais comme je suis la seule à apprécier ce genre de musique, je veux bien la remplacer par Shooting Star.

Papa résout le problème. « On va commencer par écouter les infos, pour rester au courant, annonce-t-il. Ensuite, on mettra la station classique. Pendant ce temps, Teddy, tu peux te servir du lecteur CD. » Il débranche le lecteur qu'il a relié à l'autoradio et farfouille dans la boîte à gants. « Jonathan Richman, ça te dirait ? »

Comme moi, mon frère a grandi bercé par le son loufoque de Jonathan Richman, l'idole des parents, mais il n'a pas l'intention de céder.

« Je veux Bob l'Éponge ! hurle-t-il.

— Entendu, mais sache que tu me fends le cœur, mon fils. »

L'affaire réglée au bénéfice de Teddy, nous prenons la route. Quelques plaques de neige recouvrent encore la chaussée mouillée. Dans l'Oregon, les routes sont toujours humides. J'appuie mon front contre la vitre et je regarde défiler le paysage, avec ses sapins verts constellés de blanc et ses traînées de brouillard sous un ciel de plomb. La vitre ne tarde pas à être recouverte de buée. Je m'amuse à y tracer des signes avec mon doigt.

Après les nouvelles, nous passons sur la station de musique classique. Les premières notes de la *Sonate pour violoncelle et piano* n° 3 de Beethoven s'élèvent dans la voiture. C'est le morceau sur lequel j'étais censée travailler cet après-midi. J'y vois une sorte de coïncidence cosmique. Je me concentre sur les notes en m'imaginant en train de jouer, ravie de cette occasion de m'exercer, heureuse d'être là, dans cette voiture bien chauffée, avec ma sonate et ma famille. Je ferme les yeux.

On ne s'attendrait pas à ce que la radio continue à jouer, après. Pourtant, c'est le cas.

La voiture a été pulvérisée. L'impact d'une camionnette percutant le côté passager à près de cent kilomètres-heure a arraché les portières, projeté le siège à travers la vitre latérale côté conducteur, fait traverser la route au châssis et éventré le moteur. Les roues et les enjoliveurs ont volé jusque sous les sapins. Le réservoir commence à prendre feu et des flammèches lèchent la route mouillée.

Il y a eu une symphonie de grincements, un chœur d'éclatements, une aria d'explosions et, en guise de final, le claquement triste du métal se fichant dans le tronc des arbres. Et puis, dans le calme retrouvé de cette matinée de février, l'autoradio qui continue à jouer la *Sonate pour violoncelle et piano* n° 3 de Beethoven.

Debout dans le fossé, je jette un coup d'œil sur ma jupe en jeans, mon cardigan et mes bottes noires, et je m'aperçois qu'ils sont intacts. Je remonte ensuite sur la chaussée pour examiner la voiture et je découvre une structure métallique dépourvue de sièges et de passagers. Mon frère et mes parents ont été éjectés comme moi. Je m'avance sur la route à leur recherche.

Je vois papa en premier. De loin, je distingue la bosse que fait la pipe dans sa poche, mais, au fur et à mesure que j'approche, la chaussée devient glissante, parsemée de fragments grisâtres qui ressemblent à du chou-fleur. Je comprends tout de suite. Des fragments de la cervelle de mon père jonchent l'asphalte. Pourtant, curieusement, sa pipe est toujours dans sa poche poitrine gauche et cela me fait penser à ces catastrophes naturelles qui peuvent détruire une maison et laisser le bâtiment voisin intact.

Je trouve ensuite maman. On ne voit pas de sang, mais ses lèvres sont déjà bleues et elle a le blanc des yeux rouge. Et c'est cette vision irréelle de ma mère semblable à un vampire dans un film de série B qui déclenche chez moi un début de panique.

Où est Teddy ? Il faut que je le retrouve ! Je tourne sur moi-même, soudain affolée, comme le jour où je l'ai perdu pendant quelques minutes au supermarché. J'étais persuadée qu'on l'avait enlevé. Il avait tout simplement filé au rayon confiserie.

Je regagne le fossé. Une main en dépasse. Je m'écrie : « J'arrive, Teddy ! Je vais te sortir de là ! » C'est alors que j'aperçois un bracelet d'argent avec des breloques représentant un violoncelle et une guitare. Le cadeau d'Adam pour mes dix-sept ans. Je le portais ce matin. Je jette un coup d'œil à mon poignet. Il y est *toujours*.

Je fais encore un pas. Maintenant, je sais que ce n'est pas Teddy qui est allongé là. C'est moi. Le sang qui coule de ma poitrine trempe mes vêtements et se répand sur la neige. L'une de mes jambes forme un angle bizarre et la peau et le muscle arrachés laissent deviner la blancheur de l'os. J'ai les yeux clos. Mes cheveux bruns sont mouillés et ensanglantés.

Je me détourne. Ce n'est pas possible. Nous roulions tranquillement. J'ai dû m'endormir dans la voiture. Je hurle : « Réveille-toi ! » L'air est glacé. Mon haleine devrait faire de la buée. Ce n'est pas le cas. Je baisse les yeux vers mon poignet, celui qui est intact, et je le pince brutalement.

Je ne sens rien.

Bien sûr, il m'est arrivé de faire des cauchemars. J'ai rêvé que je tombais, que je rompais avec Adam, que je donnais un récital de violoncelle en ne connaissant rien de la partition, mais j'ai toujours été capable de commander à mon corps et d'ouvrir les yeux. J'essaie de nouveau. En vain.

Je me concentre sur la sonate de Beethoven. Je mime le jeu du musicien avec mes mains, comme je le fais souvent en entendant les morceaux que je travaille. Adam appelle ça le violoncelle aérien. Il me dit toujours que nous devrions faire un duo d'instruments aériens, la guitare pour lui, le violoncelle pour moi, ce serait moins contraignant qu'avec les vrais.

Je joue ainsi, jusqu'à ce que la dernière parcelle de vie déserte la voiture, et la musique avec elle.

Les sirènes retentissent peu de temps après.

9 h 23

Est-ce que je suis morte ?

Je suis obligée de me poser la question.

Au début, je me dis que oui, c'est évident. Que l'observation de mon propre corps était un épisode temporaire juste avant la fameuse lumière éblouissante qui allait me conduire là où je devais aller.

À ceci près que les urgences médicales sont là, avec la police et les pompiers. Quelqu'un a recouvert mon père d'un drap. Et un pompier est en train de refermer la fermeture Éclair du sac plastique dans lequel on a glissé ma mère. Je l'entends discuter avec un collègue, un jeune qui ne doit pas avoir plus de dix-huit ans. Il lui explique que maman a dû être percutée en premier et tuée sur le coup, ce qui explique l'absence de sang. « Arrêt cardiaque instantané, dit-il. Quand le sang ne circule plus, on saigne à peine. Ça suinte. »

Je refuse de penser à ma mère en train de suinter. Je me dis que c'est logique qu'elle ait été touchée la première et nous ait protégés du choc. Elle ne l'a pas choisi, mais elle a joué son rôle protecteur jusqu'au bout.

La personne qui est moi, allongée sur le bord de la route, une jambe dans la rigole, est entourée d'une équipe de sauveteurs qui s'affairent et injectent je ne sais quoi à l'intérieur des tubes plantés dans ses veines. Ils ont déchiré le haut de mon chemisier et je suis à moitié nue. J'ai un sein à l'air. Gênée, je détourne le regard.

Les policiers ont créé un périmètre de sécurité autour de l'accident avec des signaux lumineux. Ils ont barré la route et font faire demi-tour aux voitures qui se présentent, en proposant des itinéraires de déviation. Des gens descendent de leurs véhicules, les bras serrés autour d'eux pour lutter contre le froid. Ils regardent la scène, puis se détournent. Une femme vomit sur les fougères du bas-côté. Certains sont émus jusqu'aux larmes. Même s'ils ne savent rien de nous, ils prient à notre intention.

J'ai conscience de leurs prières et cela m'incite à penser que je pourrais bien être morte. Sans compter que mon corps est complètement insensible, alors qu'à voir ma jambe ouverte jusqu'à l'os, je devrais avoir horriblement mal, et que je ne pleure pas, même si je *sais* que quelque chose d'impensable vient d'arriver à ma famille.

Je suis encore en train de m'interroger quand l'urgentiste rousse qui s'occupait de moi me fournit la réponse. « Son Glasgow est à 8. On ventile ! » s'écrie-t-elle.

Avec l'un de ses collègues, elle introduit un tube dans ma gorge, le relie à un ballon et à une petite poire, et exerce des pressions. « L'hélico sera là-bas dans combien de temps ? demande-t-elle.

— Dix minutes, répond son collègue. Il nous en faut vingt pour revenir en ville.

— On peut y être en un quart d'heure si on fonce. »

Je sais ce que l'homme pense. Que cela n'arrangera rien s'ils ont un accident, et je suis bien de cet avis. Mais il se tait, mâchoire serrée. Ils me chargent dans l'ambulance. La rouquine monte à l'arrière avec moi. D'une main, elle actionne le ballon, de l'autre, elle ajuste ma perfusion et mes moniteurs. Puis elle repousse doucement une mèche qui retombe sur mon front.

« Accroche-toi », me dit-elle.

Dans la collection

POCKET
Jeunes Adultes

Composé par Nord Compo
à Villeneuve-d'Ascq (Nord)

Imprimé en France par

MAURY-IMPRIMEUR
à Malesherbes (Loiret)
en février 2011

POCKET – 12, avenue d'Italie - 75627 Paris cedex 13

N° d'impression : 162374
Dépôt légal : mars 2011
S21446/01